나는
왕이며
광대였지

나는 왕이며 광대였지

오현종 소설

문학동네

차례

부산에서

2013년 2월에서 12월까지 나는 부산에서 지냈다. 서울이 아닌 도시에서 두 달 넘게 지낸 건 그때가 처음이었다. 나는 서울에서 태어났고, 태어난 주소지에서 부모와 함께 살아온 사람이었다. 부산에는 아무 연고가 없었다. 그곳에 가본 적이라곤 1박 2일의 겨울 여행과 친구의 결혼식에 참석한 뒤 대절 버스를 타고 돌아온 어느 일요일이 전부였다. 부산역 인근 웨딩홀에서 결혼한 친구는 대학 동창으로, 신입생 때 그녀의 부산 집 창문으로 바다가 보인다는 말을 듣고 잘 알아듣지 못한 기억이 있다. 어떻게 아파트에서 바다가 보일 수 있느냐 몇 차례 묻자 그녀의 눈가가 차츰 일그러졌던 기억도. 얼굴을 못 본 지 십여 년이 지났지만, 입으론 웃고 눈으로 우는 사람을 보면 이따금 그녀가 떠올랐다. 어쩌면 그녀의 눈꼬리가 길어서 그렇게 보였는지 모르겠지만.

그러니 내 휴대폰에 저장된 이름들 가운데 부산에 살고 있는 사람이 황선생 한 명인 건 자연스러운 일이었다.

"바닷가에서 일 년 살아보지 않을래요?"

어느 저녁, 황선생은 예고 없는 전화로 물었고, 나는 그러겠노라고 선뜻 대답했다. 이후에 누가 물으면 황선생의 그 제안을 듣고 부산에 내려가게 되었다고 말하곤 했다. 바다가 내려다보이는 집에서 살아보고 싶다는 꿈은 누구나 한번 가져볼 만한 것이라 더는 설명하지 않아도 수긍하는 표정들을 지었다. 그 말에 일말의 진실이 들어 있었던 것도 사실이다. 하지만 황선생의 전화를 받던 저녁에도, 그리고 이제 와 돌아볼 때에도 그게 다는 아니었다. 내가 아무리 충동적인 사람이라 한들 그럴 리는 없었다.

2월에 서울을 떠나기 전에는 외출을 거의 하지 않았다. 누군가를 만나 밥이나 술을 얻어먹지도 않았다. 부산으로 내려가던 날에는 고속철도에 소형 트렁크 한 개만 싣고 갔다. 트렁크에 들어가지 않는 책과 옷을 상자에 넣어 전날 우체국 택배로 부치고 나니 그만이었다. 되도록 짐을 가져가지 않고 그곳에서 사 쓰다 버리고 올 계획이었다. 부산에서 버리는 습관을 들이면 서울에 돌아왔을 때 버릴 수 있는 물건이 많아질 것 같았다.

두 학기 동안 시간강사로 근무하게 된 사립대학에서 쓸 방은 연구년으로 자리를 비우는 황선생의 연구실이었다. 먹고 잘 집도 그녀의 가족이 살다 세간을 그대로 두고 간다는 아파트였다. 해운대 달맞이 언덕 꼭대기에 올라앉은 아파트 단지에 도착하고 보니 이틀 전에 유럽으로 떠난 황선생의 냉장고가 식료품으로 채워져 있었다. 이불장에는 빨아놓은 이불들이 차곡차곡 개어져 있고, 정수기에서는 몸을 녹일 온수가 흘러나왔다. 당장 사들여야 할 물건도, 도착을 알려야 할 사람도 없었다. 곧 다가올 3월부터 황선생의 연구실로 출근해 그녀가 맡아 하던 문학 수업을 대신 하고, 퇴근하면 황선생 가족이 모여 앉아 식사하던 나무식탁 앞에 앉아 전자레인지에 데운 즉석밥을 먹으면 될 일이었다. 그 밖에는 없었다. 발코니와 집안 곳곳에 놓인 크고 작은 화분 수를 헤아리면서, 장식장 안의 유럽산 그릇 세트를 구경하면서 나는 황선생이 어떤 사람인지 가늠해보려고도 했지만, 알 수는 없었다. 나는 잘 모르는 사람의 집에서 일 년 동안 그 사람의 일상을 대신 살기로 한 셈이었다. 황선생과 나의 인연이라면 반년 전 내가 교수 임용에 지원한 대학에서 공개강의를 할 적에 그녀가 외부 심사위원으로 참석했다는 것 정도였다. 무슨 이유로 황선생이 나에게 부산행을 제안했는지는 굳이 물어보지 않았다. 꼭 알고 싶지도 않았다.

부산행에 대한 얘기를 꺼냈을 때, 어머니는 "강의하러 부산까지 가야 하니. 차라리 외국엘 나갔다 오지"라고 말했다. 역시 서울 밖에서 살아본 적 없는 어머니에게 부산이란 도시는 도쿄나 파리, 엘에이보다 멀게 느껴지는 지명인 듯싶었다. 어머니는 강의를 하기 위해 부산에 가는 게 아니라 부산에 가기 위해 강의를 맡을 수도 있다는 걸 짐작하지 못했다.

돼지국밥은 누가 사준대도 못 먹겠고, 해산물을 즐기지도 않지만 회는 몇 번쯤 먹게 되겠지, 그러다 기회가 되면 국제시장이란 곳에 들러 씨앗호떡을 사먹게 될지도 몰라, 같은 생각을 한 건 서재에 이부자리를 펴고 누운 밤이었다. 황선생 부부의 침대가 놓여 있는 안방과 아들이 쓰던 작은방 등이 있었지만, 내가 잠을 자기로 마음먹은 곳은 현관 옆 서재였다. 다른 사람의 침대를 쓰고 싶지 않다는 결벽에 앞서,

삼면에 낡은 책장이 놓인 서재가 가장 편안하게 느껴졌다. 책으로 둘러싸인 서울에서의 일상이 지겨워 바닷가로 도망쳐온 줄 알았는데, 그게 아니었던가. 나는 서울을 떠난 날부터 서재에서 잠을 자고 일어났다.

짧은 2월이 끝나자 겨울이 완전히 물러가기도 전에 약속대로 새로운 학기가 시작됐다. 나는 도시의 동쪽 끝 아파트에서 서쪽 끝 학교로 출퇴근하는 길을 익혀나갔다. 직행버스를 타고 도시를 가로지르며 낯선 간판들을 눈에 담았다. 그리고 3월이 다 가기 전의 주말, 서울에서 첫번째 손님이 찾아왔다. 일전에 수산시장에서 산 뱅어포와 쥐포를 서울로 부쳤더니 어머니는 뱅어포에 고추장을 발라 구워 부산으로 가져왔다. 트렌치코트 차림에 반찬 가방을 손에 든 아버지와 함께였다.

"이런 걸 누가 만들어오래요. 집에서 먹으라고 부쳤더니 도로 가져오면 어떡해."

더이상은 어머니가 나를 위한 반찬도 가져오지 않고, 나를 위한 기도도 하지 않았으면 싶었다.

"뱅어포는 서울에도 있어. 집엔 뭐하러 부쳐. 여기서 먹지 못하고."

"이러면 아무것도 안 부쳐요."

"안 먹는다. 안 먹어."

국제시장에서 씨앗호떡을 사먹기까지는 짐작만큼 오래 걸리지 않았다. 어머니와 나는 여느 관광객처럼 자갈치시장을 거쳐 국제시장으로 구경을 갔다. 여독이 풀리지 않은 아버지는 집에 혼자 남았다. 어머니와 구경을 다니다 집으로 돌아와서 아버지에게 무얼 하셨냐고 물었더니 텔레비전을 조금 봤다고 했다. 아버지는 이튿날에도 미포에서 점심으로 회를 먹고 해운대로 걸어간 것 외에는 별다른 일을 하지 않았다. 특별히 가보고 싶은 데가 있으시냐고 물었더니 없다고 했다. 아버지는 원래 심심한 줄을 모르는 사람이었다. 젊은 시절에도 그랬고 평생 근무한 학교를 정년퇴임하고 지하철 경로석에 앉는 노인이 된 지금도 그랬다. 예전에는 책상 앞에 앉아 혼자 책을 봤고, 지금은 텔레비전 앞에 앉아 바둑 채널을 시청했다. 남들이 두는 바둑 대국은 매일 보아도 기원에 들르는 일은 일절 없는 사람이 아버지였다. 부산역으로 배웅 나간 내게 끊임없이 당부를 하는 어머니와 달리 "집에서 밥 먹고 싶으면 올라와라"라는 한마디만 남긴 뒤, 아버지는 열차에 올라타버렸다. 뒤를 돌아보지 않고 객실 안으로 앞장서 들어갔다.

아버지는 그런 사람이었다. 아는 사람 한 명 없는 도시에서 혼자 밥을 먹고, 오십 평 아파트에서 혼자 잠을 자도 아무렇지 않은 까닭은 모두 내가 아버지의 딸이기 때문인 듯싶었다. 혼자여도 괜찮은 사람이 아니었더라면 나도 혼자가 아닐 텐데, 라는 생각을 하며 저녁의 역사驛舍를 빠져나왔다.

그날 밤도 나는 불을 끄고 서재에 누워 오만 가지 기억을 더듬어나갔다. 아파트 앞 동에서 유리창을 넘어온 불빛이 낡은 책등을 어스름히 비췄다. 어둑한 서재에 누워 있어도, 이른 아침 발코니 창으로 내려다보이는 청사포를 응시하고 있어도, 생각의 좌표는 어김없이 서울에 고정돼 있었다. 내가 만약, 이란 후회가 오가고 나면 누군가 미워 죽겠는데 그 대상이 누구인지 떠오르지 않아 괴로웠다. 내 손바닥의 손금처럼 아꼈던 사람들, 나를 알았던 사람들. 누구지? 누구지? 미운 사람이 한둘이 아니었는데 막상 얼굴을 헤아려보면 다 빠져나가고 없어서 나만 술래로 남겨졌다. 나를 미워하기란 여간 어려운 일이 아니라서 도로 다른 얼굴을 뒤적여보아도, 그들의 이목구비가 달아나버려 달걀처럼 텅 빈 얼굴만 남았다. 기다리다 지친 잠이 다가들어 그때까지 한 생각을 죄다 훔쳐가버리곤 했다.

어머니와 아버지가 부산에 왔다 간 이래로 서울에서 찾아온 사람들이 있었다. 몇 되지는 않았다. 오랜 친구, 같은 일을 하는 사람들, 그밖에 서울에서라면 오히려 만나기 어려운 지인을 부산에서 만났다. 그 가운데 한 사람, 서울보다 먼저 벚꽃이 질 때 해운대로 들른 사람은 나와 동갑인 이종사촌이었다. IT 관련 작은 사업체를 운영하고 있는 그는 부산으로 출장을 왔다며 전화를 걸어왔다.

사촌을 만난 동해남부선 해운대역 앞은 관광객들로 북적였다. 헤아려보면 부산 사람보다 외지 사람 수가 더 많을지 모르는 주말 저녁이었다.

"부산에선 회라는데, 별로 생각이 없어서."

횟집에 가겠냐고 묻자 사촌은 그렇게 대답했다. 오랜만에 만난 그는 살이 올라 보였다. 그도, 나도, 그럴 나이였다.

"여기 사람들은 해물 아니면 대접이 아니라고 생각하던데."

"사실 난 회맛을 잘 모르겠어. 안다고 생각했는데, 그것도 아닌 것 같아."

"그럼…… 바다는?"

"바다는 보고 가야지, 부산에 왔으면."

나는 사촌에게 바다를 먼저 보여주고 빨간 짜장으로 유명한 중국 식당으로 데려갔다. 사천짜장과 탕수육을 시켜 나누어 먹었다. 서울에서라면 주말 저녁 사촌과 둘이 밥을 먹을 일은 없을 것 같았다. 그와는 드물게 있는 가족행사에서 인사를 나누는 게 전부인 사이였다. 그때마다 그는 형제들과, 나는 동생들과 함께였다. 하지만 그날은 사촌과 저녁을 먹고, 부산에서 이름난 제과점에 들러 빵을 골라주는 일이 불편하지 않았다. 그때까지 살면서 그와 나누었던 말보다 그날 저녁 나눈 말이 더 많았다. 사촌도 나도 마흔이 가깝도록 결혼하지 않은 사람이었기에 나눌 수 있는 이야기라곤 늙어가는 부모와 건강에 대한 것뿐이었지만, 그래도 그랬다.

"서울까진 멀어. 빵이라도 먹으면서 가."

"아마 잠이 들겠지."

사촌이 서울로 돌아간 뒤, 그다음 주말에도 해운대로 온 사람이 있었다. 몇 해 전부터 이따금 안부를 묻고 지내온 방송사 책임 프로듀서 김이었다. 부산행 고속철도 안에 있다는 그는 지금 방송하고 있는 드라마 팀 스태프들과 행사장으로 이동할 예정이라고 문자메시지를 보내왔다. 마침 부산에 있다고 하니 행사를 마치고 해운대 인근에서 회를 먹을 만한 식당을 추천해달라고도 했다. 나는 제대로 된 횟집은 몇 군데 가보지 못했기에 대학원 조교 선생에게 물어 청사포의 노포 한 곳을 알려주었다. 과거 부산의 세력가들이 드나들었다는 횟집이었다. 김과 몇 차례 문자가 더 오가고, 나는 김의 일행이 저녁식사를 하는 자리에 들르기로 했다. 식당만 알려주고 얼굴을 비치지 않으면 예의가 아닐 것 같았다. 부산이 아니라 서울이라면 그래도 상관없었겠지만.

횟집은 황선생의 아파트에서 걸어서 갈 수 있는 거리였다. 해가 푹 저문 갓길을 걷고 가로등이 드문 언덕을 넘어 바다가 내려다보이는 식당을 찾아 걸어갔다. 갈림길에선 휴대폰을 꺼내 더듬더듬 위치를 확인했다.

식당의 이층으로 올라가 미닫이문을 열기 전까지는 김의 드라마 팀만 있는 자리인 줄 알았는데, 합류하고 보니 그들과 같은 시간대에 드라마를 내보내는 제작사 사람들까지 적지 않은 인원이 식사를 하는 중이었다. 김은 내가 자리를 만들어 앉자 일행들에게 소설 쓰는 사람인데, 지금은 강의를 하러 부산에 내려와 있다고 소개를 했다. 그 말이 끝나자마자 몇몇 사람들이 수저를 내려놓고 휴대폰을 만지작거렸다. 검색을 하는 듯 보일 뿐 말을 덧붙이는 사람은 없었다. 그들이 검색한 이름에 베스트셀러 작가라거나 하는 대단한 경력이 따라붙지 않아 호기심이 식어버린 눈치였다.

옆자리의 남자가 권하는 자연산 회를 몇 점 입에 넣고, 한 번도 시청한 적 없는 그들 드라마에 관한 대화를 주고받았다. 여러 해 전 텔레비전 화면에 열십자로 청테이프를 붙여버리고는 드라마를 거의 보지 않고 살았다는 말은 하지 않았다. 소설을 써서 누구를 구하지는 못하겠지만 적어도 나 자신은 구해보겠다는 각오를 품었던 시절 얘기였다. 방송사 다큐멘터리 팀에서 보낸 사회초년생 시절을 얘깃거리로 밥상에 올려놓고 싶은 생각이야 더더욱 없었다.

식당 문을 열고 나가면서 흘려버릴 얘기들 끝에, 드라마는 시청률 싸움인데 어떻게 경쟁 드라마 팀과 회식을 하게 됐냐고 묻자 옆 사람이 크게 웃으며 말했다.

"지금 시청률이 엇비슷해요. 지난주부터 저쪽이 더 나오긴 하지만 제작비는 우리가 저쪽 반밖에 안 썼으니까."

건너편에서 대화를 들은 김이 서로가 함께 일한 적도 있는 오래된 사이라 그렇다고 덧붙였지만, 나는 그 말을 그대로 믿지는 않았다.

저녁 자리를 마치고 식당 밖으로 나오자, 먼저 일어난 몇은 밤바다를 내려다보며 담배를 태우고 있었다. 횟집에서 해운대 앞바다를 마주한 일식주점으로 자리를 이어갔을 때, 행사를 늦게 마친 몇이 합류했다. 방송 관련 협회에서 이사를 맡고 있다는 최라는 중년 여자가 내 맞은편에 앉았다. 최는 자리에 앉자마자 홍합탕을 먹고 있는 사람들에게 홍합은 겨울 말곤 먹어서 좋을 게 하나 없는 음식인 줄 모르냐고 핀잔을 주었다. 최는 누군가에게서 내가 소설가라는 얘기를 전해 듣고 말했다.

"소설의 시대는 이제 갔어."

야무지게 자른 그녀의 단발머리처럼 단호한 말투였다.

나는 그 말이 내가 아니라 이름을 외우지 못한 채 유리잔만 부딪친 옆 사람에게 던져진 말인 것처럼 대꾸하지 않았다. 최의 눈을 쳐다보지 않았다. 십 년이 넘게 소설가로 살아오면서 이런 모욕감, 새삼스럽지 않았다. 새삼스럽지 않다는 사실만이 나를 서글프게 했다. 그런데 모욕감을 느끼는 나는 소설가가 맞기는 한가. 책을 다섯 권이나 냈으니 소설가랄 수도 있겠지. 시간강의를 육 년이나 했으니 선생이랄 수도 있겠지. 그런데 왜 웃음이 나나. 설마 옆에서 들려오는 빌어먹을 농담이 재미있어서?

입에 물고 있던 홍합 살을 어금니로 세게 씹었다. 주점 안은 취한

객들의 목소리와 유행가 소리, 가게 안으로 들어설 즈음부터 내리기 시작한 빗소리로 더 시끄러워졌다. 나는 속절없이 벌어진 홍합 껍데기 속에서 홍합을 끄집어내 입에 넣었다. 앙다문 입속에서 어금니가 딱딱 부딪치는 소리는 나만이 들을 수 있을 거였다. 그 생각이 나를 겨우 숨쉬게 하는가 싶더니 문득 나는 어째서 세상을 다 적으로 만들려는가, 라는 의문이 들었다.

소란스런 가게 문간을 비가 싹 쓸어버리길 기다리며 얼음 넣은 사케 잔을 비우고 또 비우고, 그러다 빈껍데기처럼 맥이 빠져서 포장마차촌으로 우산을 쓰고 걸어갈 때, 최가 불쑥 앞을 막아섰다.

"아깐 미안했다. 나도 소설 썼던 사람이야."

아무리 나이가 많아도 반말은 싫은데. 내용이 중요하지 형식은 중요하지 않다는 말은 하지 말지, 당신도 글 좀 썼던 사람이라면.

그렇지만 최를 용서해줄 수도 있을 것 같은 기분이었다. 무례에 익숙해서라기보다는 부산에서 내가 처음 취한 밤이기 때문이라고 믿고 싶었다. 소설에게서 버림받은 사람이 나만은 아닌 것 같다는 위안, 그것 때문은 아니라고 믿고 싶었다.

최는 먼저 숙소로 들어가고, 포장마차에서 소주를 더 마시는 동안 파도 소리는 들리지 않았다. 그런데 그날 밤 말고라도 내가 파도 소리를 들었던가. 달맞이길과 동백섬과 해운대 모래밭을 수없이 걸었지만, 파도 소리는 외우지 못했다. 내 귓속에서 제각각 잉잉거리는 소리들이 시끄러워 바다가 우는 소리에 귀기울여줄 겨를이 없었다.

프로듀서 김과는 포장마차를 나와 헤어졌다. 그는 나를 택시에 태워주며 "또 봅시다"라고 말했지만, 그해 겨울 부산을 떠난 뒤로는 그를 만나지 않았다. 서울에서는 그게 자연스러웠다. 사촌도, 김도, 내가 부산에 있었고, 때마침 부산에 왔기에 볼 수 있었던 사람들이었다. 내가 부산이 아니라 청주나 대구에 있었더라면 그들이 연락하지 않았을 게 틀림없었다. 누군가는 부산에서 먹은 음식이나 들러본 동네로 부산을 기억하겠지만, 나는 나를 찾아왔던 사람들을 통해 부산을 떠올리곤 했다. 부산은, 그들을 만난 분절적인 시간들로 기억되고, 복원됐다. 서울로 돌아오고 난 이후에.

부산으로 내려가기 전에 내가 누구도 만나지 않았다고 했지만, 엄밀히 말하면 그건 사실과 조금 달랐다. 부산으로 내려가기 보름 전에 기차를 타고 가 만나고 온 사람이 있기는 했다. 박사과정 지도교수였던 이선생이었다. 내가 박사논문을 마치는 것과 동시에 정년퇴임을 한 이선생은 그즈음 서울에서 두세 시간 거리의 고향에 머물고 있었다.

내가 들른다는 기별을 듣고 기차역으로 마중나온 이선생은 점심부터 먹자며 인근 식당으로 차를 옮겼다. 식당에 들어가서는 메뉴판에서 가장 비싼 등갈비 김치찌개를 주문했다. 석사과정 때 반년간 이선생의 조교를 하면서 점심으로 대놓고 먹던 메뉴가 김치찌개였다. 나는 대학원 시절의 습관대로 테이블에 두 명분의 수저를 놓고 물컵에 냉수를 따르며 부산행에 대한 얘기를 꺼냈다. 부산의 대학에서 문학을 가르치는 황선생이 연구년을 맞아 가족과 함께 유럽으로 떠나게 됐고, 황선생의 수업을 대신 하기로 했다는 얘기를 요약했을 때, 이선생은 물었다.

"시간강사로?"

"예, 일 년만요."

나는 막 끓어오르기 시작한 찌개 국물을 국자로 떠 등갈비에 끼얹었다. 내가 박사학위를 받고서 몇 군데 대학의 교수 임용에 지원했었다는 사실을 가장 잘 아는 사람이 이선생이었다. 마지막 지원 때는 가족에게도 말하지 않고 공개강의와 총장 면접을 준비했지만, 이선생에게는 말하지 않을 방법이 없었다. 교수 임용을 위한 서류에는 지도교수가 써준 추천서가 들어가야 하기 때문이었다. 만약에 박사과정이 끝나는 순간 사제관계가 끝난다고 말하는 사람이 있다면, 그 사람은 박사가 아니다. 그는 가짜다. 노비문서를 찢어발길 수 있는 때는 박사논문에 도장을 찍는 날이 아니라 교수가 되는 날, 그렇지 않으면 교수되기를 포기한 날일 거다.

나는 이선생의 속도에 맞춰 급히 밥공기를 비우고 붉은 국물이 묻은 숟가락을 내려놓았다. 스테인리스 냄비 안에는 고깃덩어리가 반남짓 남아 있었다. 이선생은 내가 외투를 걸치는 사이 계산을 끝내고 먼저 식당 밖으로 나갔다. 따라 나간 내게 신발이 편하냐고 물었다. 산책을 하자는 소리였다.

2월 초, 바람이 잠깐 풀죽은 오후였다. 발이 빠른 이선생은 앞장을 서고, 나는 두어 발짝 뒤에서 좇았다. 이선생의 마른 등을 나침반처럼 따르며, 지도교수에 대한 애증 없이 박사과정을 끝내는 사람이 있다면 그는 드물게 운이 좋은 자일 거란 생각도 했다. 뒤돌아보지 않고 걷는 이선생과 나의 거리가 거리인 만큼 대화는 드물게 오갔다. 이선생과 나 사이에는 원래 대화랄 것이 별로 없었다.

"선생님, 저한테 왜 그러셨어요?"

나는 이선생의 등에 대고 물었다. 선생은 여전히 마른 밭길을 걸었다. 발밑이 거칠었다.

"선생님."

이선생은 아무것도 듣지 못했거나 듣고 싶지 않은 것 같았다.

"박사학위는 운전면허 같은 거야. 일종의 라이선스지. 기회가 올 때 자리를 잡을 수 있게, 갖고 있으면 쓸 수 있는 자격증."

이선생은 몇 번이나 그렇게 말했었다.

그런데 운전면허증 따는 데는 이렇게 긴 시간과 돈이 들지 않잖아요, 선생님. 장롱 속에 넣어두었다 필요할 때 꺼내 쓸 자격증이라면 왜 저한테 공부를 권하셨어요. 제가 소설만으론 먹고살 수 없을 걸 아셨기 때문이었나요?

하지만 그런 질문조차 이선생과 나 사이에는 없었다.

산책을 마치고 이선생이 머무는 작업실 겸 전원주택에 들렀을 때, 선생은 문간에 놓여 있던 한과 세트를 집어들었다. 사양했지만, 집에 가져가라고 몇 차례 권했다. 음력설이 다가오는 때였으니 한과는 어제나 오늘 밖에서 들어온 선물일 터였다.

선생님, 저는 단것을 잘 먹지 않잖아요. 게다가 기차를 타고 돌아가야 하는데, 이 상자는 너무 크다고요.

"부산에서 건강하게 지내고. 기다리면 너에게도 좋은 일이 있지 않겠니."

이선생이 자주 하는 말이었다.

나는 이선생의 집 문간에서 건네받은 한과 상자를 들고 열차에 올라탔다. 설이 일주일 남아서인지 늦은 오후여서인지 기차 안에는 입석으로 끼어 탄 사람들이 적지 않았다. 올 때처럼 고속철도를 예매했어야 하는데, 열차 시간이 애매하다고 무궁화호 탄 일을 후회해봤자 때가 늦었다. 좌석을 찾아 앉은 뒤 종이 상자를 무릎 위에 올려놓았다. 머리 위 선반은 누군가 일찌감치 올려놓은 짐들로 꽉 차 있었다. 열차가 덜컹거릴 때마다 상자가 무릎에 부딪쳐왔다. 나는 무릎으로 딱딱한 질감을 느끼며 이 상자가 길고 지난했던 대학원 생활의 결과물인가, 라는 생각을 했다.

열차가 삼십 분, 어쩌면 십오 분쯤 달렸을까. 눈앞의 사물들을 지워버리려 눈꺼풀을 닫았다가 무언가 어깨를 누르는 느낌에 눈을 떴다. 둥글게 부푼 패딩 파카를 입고 복도에 선 중년 여인이 내 어깨와 의자 팔걸이에 몸을 기대고 있었다. 나는 몸을 한껏 오그렸다. 불안했다. 무엇보다 앉아 있는 내 옆에 누군가 서 있는 상황이 거북했다. 그렇다고 해서 중년 여인에게 자리를 내어주라면 싫지만, 서 있는 사람을 지켜보아야 하는 상황 역시 싫었다. 없는 자리를 만들 방안이 없으면서도 그랬다. 나는 숨을 낮게 쉬며 다음 정거장, 그다음 정거장을 따져보았다. 다음에 내릴까. 아니, 다음 역은 적당하지 않아. 그다음 역이 갈아타기 나을까. 아니야, 여기까지 왔는데.

늘 그런 식이었다. 그러다 종착역에 도착하면 멀미를 느끼며 떠밀려 내리곤 했다. 그곳이 내가 다다르길 원했던 목적지인지 확신하지 못한 채.

기차가 잠시 정차하자 옆에 섰던 중년 여인이 빈자리를 찾아갔다. 나는 모처럼 숨을 크게 들이마시고 자리에서 일어났다. 내가 앉았던 좌석에 상자를 내려놓았다. 옆 칸으로 느리게 몸을 옮기기 시작했다.

복도에 드문드문 서 있는 사람들 탓에 이동이 쉽지 않았지만, 어딘가에는 입석 승객 없는 칸이 있을 거라 믿었다. 맨 마지막 칸이라면, 최소한 매점 칸이라면, 자기 자리 없이 텅 빈 얼굴로 선 사람이 없겠지. 사이다를 한 병 사서 차창 밖을 내다보며 쉴 수 있는 작은 스툴 한 개쯤 찾을 수 있겠지.

앞을 가로막은 남자를 밀치고 열차와 열차 사이 문을 힘껏 열었을 때, 나는 그곳이 매점 칸이라는 사실을 알았다. 그러나 그곳은 진짜가 아니었다. 매점일 수가 없었다. 무언가 먹을 수 있는 공간이 아니었다. 오락기 앞 의자는 말할 필요도 없고, 빈 공간 구석구석 바닥에 엉덩이를 대고 앉은 사람들로 빼곡했다. 나는 누군가에게 떠밀리듯 안으로 들어섰다가 더 들어가지도 돌아나오지도 못했다. 한참을 머뭇거리며 서 있는 나를 쳐다보는 누군가의 시선이 느껴졌다. 나는 묵직한 문을 다시 열고 나와 열차 칸 사이 통로에 구부정하게 섰다. 통로는 객실 안과 달리 바람이 찼다. 거기도 내 자리는 아니었다. 결국엔 차표를 쥐고 내 좌석이 있는 칸으로 돌아올 수밖에 없었다. 한과 상자가 여전히 자리를 지키고 있었다. 제가 주인이라도 되는 것처럼.

그해 여름 서울에서 고교 동창과 소설 쓰는 후배가 다녀간 후로는 한동안 방문객이 없었다. 그러다 여름방학이 끝나갈 무렵, 남동생 가족이 기차를 타고 찾아왔다. 동생은 그즈음 대전의 한 대학에서 계약직 교수로 근무하고 있었는데, 주말에 해운대의 호텔에서 열리는 학회에 참석한다고 했다.

"호텔에 방을 잡아뒀으니까 우리 때문에 신경쓰지 말어. 밥도 밖에서 사먹을 거야. 애들이 고모를 보고 싶어하니까 얼굴이나 보면 돼."

동생은 아이 둘과 올케를 데리고 나에게 먼저 들렀다 호텔에 체크인할 예정이라고 말했다. 승합차를 가지고 온다, 기차를 탄다, 이럴까 저럴까 하더니 주말이라 결국 차를 놓고 온다고 알렸다.

"애들이 있는데, 차를 가져오는 편이 낫잖아."

"괜찮어. 누나네 집 앞까지 직행버스가 가더라고."

나는 동생 가족이 부산역에서 버스를 탔다는 연락을 받자마자 채비를 하고 아파트 근처 버스 정류장으로 나갔다. 여름 해가 저물어가는 정류장에서 같은 번호의 버스를 다섯 대쯤 보내고 나서야 트렁크를 들고 버스에서 내리는 동생 가족을 발견할 수 있었다.

"길이 많이 막혔어. 부산도 이렇게 막히네."

동생은 버스에서 잠이 든 다섯 살 둘째를 왼팔로 안고, 오른팔로는 트렁크를 끌면서 아파트로 향하는 언덕길을 올랐다. 올케도 아이들 짐까지 가방 여러 개를 들고 걸었다. 나는 한 손으로는 올케의 짐을 덜어 들고, 다른 손으로는 앞장서려는 큰조카의 팔목을 쥐었다. 택시를 잡아볼까 하는 생각도 있었지만, 차로는 일이 분 거리인데다 눈에 띄는 택시도 없었다.

"고모, 고모네 집은 어디예요? 다 왔어요?"

"응. 이 언덕만 올라가면."

조카가 등에 짊어진 유치원 배낭을 벗겨줄까 싶었지만 아이는 마음이 급해 경사로를 뛰어오르다시피 했다.

"고모, 고모네 집 다 왔어요?"

"조금만. 조금만 더 가면."

나는 언덕 맨 꼭대기 아파트 단지를 손가락으로 가리켰다.
"저기 보이지? 저기가 고모 집."
"고모, 근데 집이 왜 이렇게 멀어요?"
뒤돌아보니 저만치 아래에서 동생이 둘째를 안고, 트렁크를 끌고, 가파른 보도를 딛고 올라오고 있었다.
"얼마나 더 가요?"
"다 왔어. 이제 다."
아파트 입구에 먼저 도착한 조카와 나는 출입문 안쪽에 서서 남동생과 올케를 기다렸다. 조카는 몇 층인 줄도 모르면서 엘리베이터 버튼부터 눌렀다.
"고모, 집에 왜 안 들어가요?"
"엄마 아빠랑 같이 가야지."
"고모네 집 빨리 보고 싶은데."
동생네 식구를 데리고 집안으로 들어오자마자 나는 냉장고에서 맥주 한 캔과 차게 식힌 결명자차를 꺼내 식탁에 올려두었다. 남동생은 곧장 주방 안쪽으로 들어와 정수기의 냉수를 받아 마시고, 맥주 캔을 뜯었다. 큰조카가 따라와 내 손을 잡아끌며, "고모 방은 어디예요?" 재촉을 했다.
나는 아이를 데리고 내가 잠을 자는 서재에 들어갔다 나오고, 아파트 안쪽의 안방과 욕실과 문간방, 그리고 바다가 내려다보이는 발코니 문을 열어 보였다. 밤바다가 어둠 속으로 숨어버려서인지 아이는 유리창 밖 풍경엔 관심을 두지 않았다. 아이는 거실 탁자 위에 놓인 유리공예품에 호기심이 가는지 그것을 작은 손으로 집어들었다 놓았다 했다.

"안 돼. 그건 만지면 안 되는 물건. 그리고 부엌에 장식장 유리문은 열면 안 된다. 찻잔이 깨지면 안 되니까. 여기 전축도 아무거나 누르면 안 돼. 텔레비전이 보고 싶으면 고모한테 켜달라고 말하고. 응, 저기 식탁 위에 꽃병도 조심해야 해. 다 남의 물건이니까."

"이거 고모 꺼 아니에요?"

"아니야." 나는 여전히 유리로 만든 공작새를 쥐고 있는 작은 손을 지켜보았다. "여긴 고모 집 아니거든. 고모가 부산에서 빌려 쓰는 집이야."

아이가 유리 공작새를 탁자 위에 내려놓자 딱, 하는 소리가 작지만 명징하게 울렸다. 아이는 실망을 다른 표정으로 바꾸어 내보이는 법을 미처 배우지 못한 듯싶었다. 하지만 그래서 내가 아직 조카를 사랑하는지도 몰랐다.

"그럼 누구 집인데요?"

아이는 뭔가 억울하다는 말투였다.

"아…… 여긴…… 여긴 고모 선생님, 아니 선생님은 아니고, 아는 교수님 댁이야. 고모가 부산 있는 동안 지내라고 빌려주셨어. 여기 있는 동안만."

"다른 사람 집이요?"

"그래…… 다른 사람 집이지."

"그럼 고모 집은요?"

"내 집?"

"고모 집은 어딨어요?"

"고모 집…… 고모 집은 서울에 있지. 돌아갈 테니까, 겨울엔."

"아아, 다행이다."

"뭐가? 뭐가 다행이야?"

"우리가 서울에 갈 땐 고모가 있어야 되니까요."

"그래, 곧 갈게. 다음에 네가 서울 가면, 그땐 고모가 있을게."

소파에 눕혔던 둘째 조카가 잠에서 깨어나 배가 고프다고 칭얼댔다. 나는 아침에 시장에서 사다 둔 생선을 센 불에 굽고 압력밥솥에 지은 쌀밥을 펐다. 아이들은 가자미를 발라먹고, 어른들은 곁에 앉아 아이들이 알아들을 수 없는 대화를 나누었다. 방학이 지나면 가을학기가 시작될 테고, 다음해 신학기를 준비하는 교수 임용 공고가 하나둘 뜨기 시작할 것이었다. 혹시 동생이 근무하는 대학에서도 동생의 전공으로 전임교수를 뽑을지 몰랐다. 그렇지 않으면 다른 대학에서라도.

"너무 애쓰지 말고, 순리대로 해. 애쓴다고 되는 일이 아니잖아."

그런 말을 동생의 휴대폰으로 보낸 건 연초의 일이었다. 이번엔 꼭 될 줄 알았는데, 티오가 나지 않았다는 올케의 전화를 받고 난 다음 날 보낸 문자메시지였다. 전임교수란, 자격을 갖춘다고 되는 것이 아니라 자리가 나야 될 수 있다는 사실을 동생도 알고 나도 알고 올케도 알았다.

"이번엔 자리가 나려나?"

"그야 모르지." 동생은 내가 구워놓은 가오리포를 가위로 길게 잘랐다. "누나는 올라와야지. 자리가 있는 데도 아니라며."

"애초에 없는 줄 알고 왔어. 일 년만 있다 가기로."

"그런데 뭐하러. 서울에서 하던 강의는 어떻게 하고. 다시 맡을 수는 있대?"

"아무래도 상관없어." 나는 말린 생선 조각을 입에 넣고 천천히 씹어 삼켰다. "난 이제 그만하려고."

"그래, 너무 힘들면 안 해도 돼. 그럴 것까지는 없어."

동생은 더는 말이 없었다. 동생이 아무것도 묻지 않아주어 고마웠다. 나 또한 그런데 넌 어쩌다 선생이 되었니, 라고 동생에게 묻지 않았다.

너도 아버지 같은 사람이 되고 싶지는 않았을 텐데. 내가 책상 앞으로 다가가 말을 걸면 책 읽는 데 방해가 된다고 화내는 아버지가 미워서 그와 다른 어른이 되겠다고 다짐했는데, 언제 내가 아버지와 자리를 바꿔 앉았는지, 어떻게 그를 닮은 사람이 되었는지, 너는 알고 있니. 그런데, 그런데 말이지, 나는 이제야 비로소 아버지를 알게 된 것 같아. 그래서 울고 싶어져.

동생은 맥주 캔 두 개를 비우고 나서 냉장고 문을 열어 내부를 꼼꼼하게 살펴보았다.

"냉장고에 고기가 없네. 다음엔 마트에 가자고."

다음달에도 부산에 일이 있으니 그때는 차를 가지고 와서 냉장고를 채워놓아야겠다고 말했다. 동생은 막내인데도 불구하고 아이를 낳고 가장이 된 후로 오빠처럼 굴었다. 동생이 어른이 되었기 때문인지 내가 어른이 되지 못했기 때문인지 알 수 없었다. 불현듯, 아버지를 더 잘 이해하는 사람은 내가 아니라 남동생일지 모르겠다는 생각이 들었다. 가장이 되어보지 못하는 한 아버지를 완전히 이해할 방법은 없으리란 생각이.

여름밤이 보다 깊어지기 전에 동생은 트렁크를 끌고, 식구들을 데리고, 아파트를 떠났다. 해운대로 내려가는 길에는 택시를 태웠다. 다음날 아침 아홉시에 동생 가족이 묵은 호텔 로비로 갔더니 동생은 벌써 학회장에 들어가고 없었다. 나는 올케와 조카들을 데리고 호텔 앞 모래밭으로 나갔다. 아이들은 8월 말, 열기가 저문 해수욕장에서 모래성을 쌓았다. 밀려오는 파도에 모래성이 허물어져도 아이들은 실망하지 않고 되쌓았다. 오히려 허물어지기를 기다렸다는 듯 몇 번이고 또 쌓았다. 나는 마른 모래 위에 쪼그려앉아 지켜보다가 아이들과 모래성을 사진으로 찍어주었다. 그중에는 조카들과 나의 기념사진도 몇 장 끼어 있었다. 큰조카는 고모네 집에 가고 싶다는 말을 더이상 하지 않았다.

"다음엔 서울에서 만나."

해운대 직행버스 정류장에서 동생 가족을 보낼 적에 그렇게 말했더니, 아이가 좌우로 크게 손을 흔들었다.

이학기 기말고사 기간이 끝나고 학생들이 제출한 백 편이 넘는 소설들을 채점한 다음 서울행 열차표를 예매했다. 부산을 떠나는 날이 가까워오자 근무한 과의 교수들이 영도다리가 내다보이는 횟집에서 송별회를 겸해 저녁을 사주었다. 나는 옷장 안에 밀어넣어두었던 트렁크를 꺼내 먼지를 털고, 아파트 분리수거일에 잉크가 바닥나가는 프린터와 빈병들을 내다버렸다. 부산에서 낡아버린 운동화와 옷은 의류함에 차례로 집어넣었다. 황선생이 12월 마지막 주에나 귀국한다는 소식을 듣고 화분에 물을 넉넉히 주고 났더니 할 일을 전부 마친 기분이 들었다. 냉장고를 열고 절반이 더 남은 소스 병, 양념통 등속에는 견출지로 내가 기억하는 구입 월을 적어 붙였다. 아파트 상가에서 두루마리 휴지를 사다 수납장에 채워놓았다.

서울로 돌아가기 전날에는 건어물시장을 안내해주고 진주냉면집에 데려가주었던 조교 선생을 만나 점심을 샀다. 완당으로 유명하다는 남포동 가게였다. 그녀와 나는 식사를 마치고도 바로 일어나지 않고 국물이 차갑게 식을 때까지 이야기를 나누다 식당을 나왔다. 남포동 번화가를 지나 목적 없이 자갈치시장으로 들어설 즈음, 조교 선생이 그런 말을 했다.

"선생님, 바다를 끼고 있는 도시는 자살률이 높다는 말 들어보셨어요?"

나는 그러냐고, 들어본 것 같기도 하다고 대답하고 가던 길을 걸었다. 수산시장 건물 안으로 들어가 생선이 가득찬 수조와 고무 대야 사이를 빠른 걸음으로 지났다. 시장 건물을 통과해 출구로 빠져나가자마자 바다였다.

"부산에선 바다가 참 흔하네요."

나는 농담처럼 말을 건넸다. 바다가 너무 흔해서 도리어 죽고 싶단 생각이 들지 않았다는 말은 하지 않았다. 아무리 친해졌다 한들 그녀와 나는 조교와 시간강사 사이였다.

"선생님, 그동안 부산에서 지내보니 어떠셨어요?"

조교가 물었다. 부산 사람 특유의 명쾌한 목소리였다.

"저는 부산을 잘 모르겠어요."

그녀가 기대한 대답이 아니겠지만, 솔직한 고백이었다.

"그래도 서울 올라가셔서 나중에 부산 나오는 소설 한 편 쓰실 수도 있지 않겠어요?"

그 말은 물음이 아니라 당부같이 들렸다.

쓸 수 있을까, 부산을. 부산이 아니더라도 무언가를. 세상을, 아니 나를 더는 미워하지 않게 되어 다행이란 안도가 들었다. 다른 사람의 일상을 사는 것도 오늘로 끝이었다. 내일이면 다시 서울, 아무것도 달라지지 않은 내 일상으로 되돌아가야 한다는 사실이 그리 싫지는 않았다. 나는 바닷바람이 불어오는 방향으로 몸을 돌려 조교의 얼굴을 마주보았다.

"글쎄요, 그럴 수도 있겠네요, 이 시간도 과거가 될 테니까요. 어쨌든 평생 볼 바다를 다 본 것 같아요, 여기서."

"그죠? 바다는 정말 실컷 보셨죠?"

그녀는 비로소 듣고 싶은 답을 들은 표정이었다.

남포동에서 조교와 헤어져 달맞이언덕으로 돌아오자 날이 저물어가고 있었다. 해가 짧아 바다를 길게 볼 수 없는 계절이었다. 거실에는 다음날 아침 택배로 부쳐야 할 종이 상자가 두 개 놓여 있었다. 죄다 버리고 가겠다고 했었지만, 서울로 가져가야 할 짐이 두 상자나 남은 셈이었다.

나는 전등을 켜지 않은 거실 한쪽 의자에 앉아 일 년 가까이 보아온 수평선이 지워져가는 모습을 지켜보았다. 오래지 않아 시선이 닿는 곳이 밤하늘인지 밤바다인지 쉽게 가늠할 수 없는 시간이 되었다. 속이 빈 허공이든 몸을 낮게 깔고 있는 바다든 금을 그어 가르지 않아도 좋을 것 같았다. 바다는 그러나 오래 버티지 못하고 허기진 어둠에 완전히 삼켜져버렸다. 나는 근시의 눈을 몇 번이고 깜박였다. 마루 위에 놓인 종이 상자가 그림자같이 딱딱한 실루엣으로만 보였다. 문득, 내가 부산에 대한 이야기를 쓰게 된다면, 그건 부산이 아니라 서울에 대한 이야기가 되리란 예감이 들었다.

나는 의자에서 일어나 이부자리를 펴러 서재로 들어갔다. 부산에서의 마지막 밤이었다.

K의 어머니와 면회를 갔다

신문에서 K의 이름을 보았다. 사회면의 사건 사고 기사도, 부고도 아니었다. 신춘문예 당선자를 발표하는 1월 1일 자 조간신문에서였다. K가 신년 벽두의 신춘문예 당선자인 건 아니었다. 신문은 단편소설 당선자 외에도 예심을 통과한 응모자들의 명단을 공개했는데, 그곳에 K의 이름이 적혀 있었던 것이다.

물론 K가 아닐 수도 있었다. 동명이인이란 흔하고, K의 이름은 희귀하지 않았으니까. 그런데도 나는 K가 맞다고 단정짓고 있었다. 그가 아직도 소설을 쓰는지 그렇지 않은지 알 수 없는데도 그랬다. 자정 넘어 전화를 걸어와선 다짜고짜 나야, 하던 목소리를 들은 지 십 년이 지났지만 그 이름은 K 말고 다른 누구의 것일 수 없을 것 같았다.

1995년의 여름방학, 나는 K의 어머니, K 어머니의 운전기사, K 어머니 회사의 곽사장이란 중년 남자와 함께 강원도 화천으로 향했다.

강원도라고는 설악산과 낙산해수욕장밖에 가보지 못한 나는 자동차 조수석 뒷자리에 가방끈을 꼭 쥐고 앉아 있었다. 일행이 여럿일 줄은 출발 전까지 상상도 못했었다. K의 어머니도, 운전기사도, 곽사장도, 모두 처음 보는 얼굴들이었다. 지난주 토요일 저녁, 호출기에 찍힌 전화번호로 전화를 걸었더니 귀에 선 목소리가 자신이 K의 어머니라며 말을 꺼냈다.

"우리 아이가 너를 꼭 데려오라고 하더라. 다음주 토요일에. 주말엔 외출할 수 있다고 전화가 왔다. 토요일 아침 우리 회사로 오너라. 일곱시까지."

K의 어머니는 자신이 운영하는 의류회사 위치를 간략하게 일러주고 전화를 끊었다. 예, 예, 대꾸만 하다 전화를 끊고 보니 이른 아침 서초동 사거리로 찾아갈 일이 걱정스러웠다. 강남이라면 강남역 뉴욕제과와 압구정동 맥도날드 근처 말곤 가본 적이 없기 때문이었다. K의 군부대가 있다는 화천군이 자동차로 몇 시간 걸리는 곳인지 궁금해진 건 그다음이었다.

K 어머니와 통화한 건 그 저녁이 처음이었지만, 나는 K 어머니에 대해 조금 알고 있었다. K는 맥주를 마시다가도, 새벽 한시에 전화 통화를 하다가도 어머니 얘기를 꺼내곤 했다. K는 어머니에 대한 기억을 자주 이야기하는 아이였다. 엄마, 엄마, 하고 부르는 다른 대학생 아이들과 달리 막내인데도 꼭 어머니, 라고 말을 했다.

조수석에 앉은 K 어머니와 운전석 뒷자리의 곽사장은 나를 신경쓰지 않는 듯 온갖 이야기를 주고받았다. 회사의 백화점 매장과 세무조사에 대한 상의도 있었고, 박격포 부대로 떨어진 K를 어떻게 하면 좋을지에 관한 얘기도 있었다. K는 논산훈련소로 입소하기 전에 K 아버지로부터 후방으로 빠지도록 손써보겠다는 말을 들었다고 했다. 그런데 어찌된 일인지 전방 박격포 부대로 자대 배치를 받았다. K의 체격이 조금만 작았어도 박격포 부대는 면하고 소총 부대로 배치되었을까? 군대는 초등학생 때 육군사관학교를 견학해본 경험이 전부인 나로서는 K가 속하게 된 세계가 어떤 곳일지 상상이 가지 않았다. 상상할 수 없기에 K와 내가 앞으로 어떻게 될지에 대해서도 짐작할 수 없었다. 이등병 K는 어머니에게도 죽고 싶다는 말을 했을까. 차창 밖으로 '포천이동갈비'라고 쓰인 간판이 멀어져갔다. 나는 K 어머니와 곽사장의 대화를 듣지 못하는 것처럼 유리창 밖만 내다보았다. 화천은 아주 먼 곳이라는데 도중에 멀미가 나지 않을지 불안해질 때쯤 자동차가 간판이 크게 걸린 음식점 야외 주차장으로 들어섰다.

"너도 온천 같이 해라."

자동차가 멈춰 서자 K의 어머니가 뒷자리를 돌아보았다.

"예? 온천이요?"

"우린 여기서 아침 먹고 목욕할 건데."

"저는 괜찮아요."

아침 일찍 K의 부대로 달려가는 길에 무슨 목욕을 하자는 소리인지 난데없었다. 게다가 지금은 무더운 여름방학의 한중간이지 않은가. 나는 몇 분이라도 빨리 부대가 있는 마을에 도착하고 싶은 마음뿐이었다.

"여기 물 좋아요. 시원하게 목욕하고 가지그래."

내 옆자리에 앉은 곽사장이 거들었다.

"아니에요. 정말 괜찮아요."

"그럼 우리 씻는 동안 넌 뭐하고 있으려고?"

K 어머니의 목소리는 환갑이 가까운 여자답지 않게 카랑카랑했다. 경상도 억양이 섞이기도 했다. K 어머니와 아버지의 고향이 경남 마산이라고 들은 기억이 났다.

"저는 밥 먹고 기다리면 돼요. 식당이나, 아니면 차 안에서 기다릴게요. 신경쓰지 마세요."

"온천 오기도 힘든데 이럴 때 온천 안 하면 언제 하려고 그러니. 우리 목욕하려면 한 시간은 걸릴 텐데."

K의 어머니는 꾸중하듯 말을 내뱉고 차문을 열었다.

K 어머니, 저는 오늘 아침 다섯시 오십분 전철을 타기 위해 새벽 네 시에 일어나 화장을 했어요. K를 진짜 오랜만에 만나는 건데 목욕을 해서 공들인 화장이 지워지면 어떻게 K를 봐요. 그리고 뭣보다 온천 안에는 옷을 다 벗고 들어가야 하지 않아요? 아무리 수건으로 가린다 해도 어떻게 그래요.

나도 뭔가 말하고 싶었지만 그러지 못하고 차에서 마지막으로 내렸다.

"저기요."

앞장서서 가는 K 어머니와 곽사장을 몇 발짝 뒤에서 따라가려던 나를 누가 불렀다. 뒤돌아보니 K 어머니의 운전기사였다. 회사 앞에서 출발한 뒤 말 한마디 하지 않고 차만 움직이던 남자였다.

"모르시는 것 같아 하는 말인데요, 원래 조수석 뒷자리가 상석이거든요. 제일 어른이 앉으시는 자립니다."

그는 앞사람들에게 들리지 않게 낮지만 차가운 음성으로 말했다.

"아, 예."

나는 대꾸하긴 했어도 무슨 얘기인지 제대로 못 알아들었다가, 식당 입구에 들어설 때에야 그 말이 어떤 뜻인지 깨달았다. 자동차가 출발하기 전에 가장 먼저 탄 사람은 분명 나였고, 그는 어른이 앉으실 자리를 냉큼 차지한 내 잘못을 지적한 것이었다. 일행을 따라 식당 의자에 앉았지만 밥은커녕 죽도 넘길 기분이 아니었다. 에어컨을 세게 튼 자동차를 타고 한참을 달려온 길이라 머리가 멍했다. 속이 메슥거리기 시작했다.

"밥이 그대로네. 밥을 왜 못 먹니, 젊은 애가."

K 어머니가 말했다. 내가 빈 젓가락만 들었다 놓았다 하는 모습을 지켜본 모양이었다.

"배가 별로 안 고파서요."

K 어머니에게 낯선 사람하고는 밥을 잘 못 먹는다는 말을 하면 안 될 것 같았다. 나는 그때까지도 K 어머니를 어머니라 불러야 할지 아주머니라 불러야 할지 몰라 호칭을 피하고 있었다. 언젠가 K에게서 관官 출신의 사장이 따로 있다는 말을 듣고 "회사에 사장은 한 명이잖아. 그러면 너희 어머니는 뭐라고 불러?" 하고 물어본 적이 있었다. 그때 K는 직원들 모두 디자이너인 그의 어머니를 선생님이라 부른다고 말해주었다. 그러면 나도 K의 어머니를 아주머니 대신 선생님이라 부를까.

"밥을 안 먹으니 몸이 그렇게 꼬챙이 같지. 사람이 그렇게 말라서 무슨 일을 제대로 할 수 있겠니. 우리 회사 디자이너 애들은 뭘 그렇게 하루종일 사다 먹는지 몰라. 하이고, 밤을 새우고 일하면서도 쉴새 없이 먹어. 사람은 잘 먹어야 기가 살고, 기가 살아야 무슨 일이든 하는 법인데. 얘, 넌 젓가락질을 못하니?"

"예, 그래도 밥은 다 먹어요."

나는 억지 미소를 지으려 안간힘을 써야 했다. 그리고 새빨간 고춧가루와 기름기로 범벅이 된 제육볶음을 K 어머니 앞으로 밀어놓았다. 밥상에서 그나마 먹을 만해 보이는 반찬이 그것이기 때문이었다. 서울에서 보던 것보다 훨씬 커 보이는 파리들이 밥상 위의 반찬을 노리고 유에프오처럼 윙윙 날아다녔다. 그중 한 마리가 제육볶음이 담긴 플라스틱 접시 모서리에 내려앉았다. K 어머니는 젓가락을 내려놓고 담뱃갑을 꺼내 길고 가느다란 담배를 느릿느릿 태웠다.

K 어머니와 운전기사와 곽사장이 온천으로 들어간 뒤, 나는 백반을 먹은 식당 한구석 낡은 철제 의자에 앉았다. 아침을 먹던 여행객들이 거의 빠져나간 식당 안에는 조금 전까지만 해도 들리지 않던 텔레비전 소리가 요란했다. 나는 주부 대상의 아침 프로그램을 멍하니 쳐다보았다. 화천이란 곳처럼 이곳 포천 역시 처음 와보는 동네였다. 텔레비전에서 익숙한 우리말이 흘러나오지 않았더라면 지구 반대편 시골 마을의 국도 옆 식당에 앉아 있는 기분이 들었을지 몰랐다.

K야, 나는 지금 포천이란 곳에 와 있어. 점심이면 군복을 입고 달려오는 너를 볼 수 있을 거야. 아침에 운전기사가 트렁크 가득 싣는 아이스박스와 음식을 보았어. 오늘은 짬밥 말고 제대로 차려진 밥상을 받을 수 있어.

나는 텔레비전에서 흘러나오는 주부들의 웃음소리를 들으며 머릿속으로 편지를 썼다 지웠다 했다. K가 훈련소에 입소한 이래로 나는 틈틈이 위문편지를 썼다. 채플시간 학교 대강당 한구석에서 졸음을 삼키면서도, 시내버스를 타고 검은 터널을 지날 때에도, 습관처럼 머릿속으로 편지지에 쓸 말을 골랐다. 때로는 전날 밤에 본 〈명화극장〉을 이야기하기도 했고, 삼학년 일학기 전공 수업에서 전부 C학점을 받아버렸다는 사실을 고백하기도 했다. K는 내가 한 번도 발 디딘 적 없고, 또 앞으로도 그럴 일이 없는 장소에 있지만, 마치 K가 탁자 건너편에 앉아 에스프레소를 마시기라도 하는 것같이 말을 건넸다. 공강시간이면 병아리색 볕이 드는 학생식당 창가에 앉아 우동을 먹고, 노트 낱장에 그런 일상을 그대로 적어 식당 위층 우체국에서 부쳤다.

K야, 나는 지금 포천이란 동네에 와 있어, 너의 어머니와 운전기사와 곽사장과 함께. 그곳까지 몇 시간 더 달려야 하는지는 몰라. 지금 난 네가 좋아하는 영화 〈천국보다 낯선〉의 흑백 포스터 속에 간이의자를 들여놓고 앉아 있는 느낌이야. 하지만 점심을 먹기 전에는 분명 그곳에 도착하겠지. 그래, 나는 곧 도착할 거야. 그런데 온천에 간 너의 어머니와 운전기사와 곽사장은 왜 오지 않는 걸까.

K는 좀처럼 오지 않았다. 곽사장과 운전기사는 어디 갔는지 보이지 않고, K의 어머니는 숙소로 정한 경복장 여관 부엌을 빌려 음식 재료를 풀어놓았다. 내 눈에는 아이스박스 안에 든 살진 문어와 새우가 기이하게 보였다. 어떻게 된 일인지 고기는 하나도 보이지 않고 해물만 있었다. K 어머니 옆에서 잔심부름을 하다가 새우튀김을 하실 거냐고 물었더니, K 어머니는 무슨 엉뚱한 소리냐는 투로 소금을 깔고 구워

먹을 거라고 했다.

"너 미역 좀 씻어봐라."

K의 어머니는 마른 미역이 든 봉지를 던지듯 내밀었다. 나는 미역 봉지를 앞뒤로 살펴보았지만 조리법은 어디에도 적혀 있지 않았다. 제대로 된 지붕도 없이 마당에 딸린 간이부엌은 8월의 뙤약볕을 맨몸으로 받아내느라 불에 달군 쇠솥 안 같았다. 등허리로 땀이 도르르 흘러내렸다. 마당 한가운데 수도를 틀고 미역을 물에 적셨더니 K 어머니는 "아이구야, 미역을 그렇게 실실 헹구고 있으면 어쩌냐. 바락바락 문질러야지. 이렇게 바락바락! 너 한 번도 미역국 안 끓여봤구나!" 하고 소리치며 젖은 미역을 집어갔다.

홍합 넣은 미역국이 끓어가는 냄새는 너무 비렸다. K의 생일은 지난 지 오래인데 삼복더위에 미역국이라니. 미역국이라면 우리집은 쇠고기만 넣는데, 우리 엄마는 어디 먼 데 갈 적에 꼭 호박전이나 표고버섯전을 부쳐서 찬합에 넣어 가는데, K 어머니의 보따리에서는 어째서 불고기나 산적거리가 나오지 않는지 의아스러웠다. 그리고 K는 왜 빨리 오지 않는지.

점심식사 준비를 마친 K의 어머니와 나는 여관 방바닥에 나란히 앉아 K를 기다렸다. 텔레비전에서 소란스런 오락 프로그램이 흘러나오지 않았더라면 온돌방 위에서 오가는 숨소리를 견디기 어려웠을지 몰랐다.

"저 여자 참 옷 못 입는다. 옷을 입을 줄 몰라."

K 어머니는 텔레비전에 눈을 둔 채 나에게 건네는 말인지 혼잣말인지 모를 말을 내뱉었다. 나는 밖으로 드러난 맨무릎을 원피스 자락으

로 감췄다. 파리의 패션학교에서 유학을 했다는 K 어머니는 혹시 학교 앞 옷가게에서 사만원 주고 산 내 원피스에 대해 한마디하고 싶었던 걸까.

K 어머니, 하지만 이 원피스는 왕가위의 〈열혈남아〉에서 장만옥이 입은 검정 원피스와 똑같다고 K가 좋아하던 옷이란 말이에요.

나는 오른손으로 원피스 자락을 자꾸만 끌어내렸다. K가 왜 오지 않는지 알 수 없었다. 배가 고프지는 않지만, 절대로 그렇지는 않지만, 점심 먹을 때가 한참이나 지났는데 어째서. K의 어머니는 핸드백에서 화장품 파우치를 꺼내더니 분을 바르고, 볼 터치를 하고, 붉은 립스틱을 칠했다.

"오랜만에 아들 만나는데 예쁘게 보여야지."

시청하던 오락 프로그램이 끝나고 뒤이은 프로그램마저 끝나갈 무렵 곽사장이 방문을 열고 손짓으로 K 어머니를 불렀다.

"뭐라구요? 무슨 말도 안 되는 소리예요. 내가 전화를 걸겠어요."

열린 문틈으로 K 어머니의 격앙된 음성과 발소리가 멀어져갔다. 나는 빈방에 혼자 있다가 조바심을 못 참고 K 어머니를 찾아나섰다. 곽사장과 K 어머니는 여관 카운터 안쪽 방에 있었다. 곽사장이 어디론가 전화를 걸어 통화하더니 한참 있다 K 어머니를 바꿔주었다.

"엄마다. 그래. 뭐라고? 너 지금 무슨 소리니. 그냥 안 나가고 말어? 안 나오면 그만이야? 지금 너 때문에 몇 사람이 와 있는지 아니? 너 땜에 곽사장님도 고생하시고, 친구도 왔는데, 다 그냥 가버리라고? 시끄러! 당장 나와! 나오라면 나와! 그래!"

K 어머니는 있는 대로 소리지르다가 수화기를 곽사장에게 건넸다.

곽사장은 살살 달래는 말투로 다시 데리러 갈 테니 다른 생각 말고 나오라고 했다.

"어머니, 오늘 못 나온대요? 못 와요?"

방 문간에 슬며시 앉았던 나는 더이상 참지 못하고 말을 건넸다.

"아니다. 나올 거다. 무슨 문제가 생겼나본데, 별일 아니야. 걱정 말고 넌 들어가 있어."

K의 어머니는 담배를 꺼내 불을 붙였다. 나는 샌들을 꿰어신고 카운터 안쪽 방을 나왔다. K를 못 볼지 모른다는 상상을 하자 오후 늦도록 점심도 먹지 못한 속이 메슥거리기 시작했다.

K야, 너는 내가 엄마를 며칠이나 졸라 간신히 온 줄 모르지. 우리 아버지는 내가 학교에서 엠티를 간 줄 안단 말이야. 내가 세상에서 가장 무서워하는 사람이 누구인지 너는 알지. 너는 우리 아버지를 알잖아. 그런데 이러면 안 돼. 나는 누군가를 기다리는 일이 못 견디게 싫어. 정말이지 싫어.

나는 저 혼자 떠들어대고 있던 경복장 여관방의 낡은 텔레비전 앞에 쪼그려앉았다. 텔레비전 소리가 귀에 잘 들어오지 않았다. 사실 아까 보았던 프로그램 내용도 기억나는 건 없었다.

K가 입대를 하기 직전에도 나는 K를 종종 기다렸다. K에게는 송별주를 얻어마셔야 할 친구가 많았고, 짬짬이 포커판에서 밤을 새워야 했고, 자주 늦잠을 잤고, 기다리게 한 날마다 다시는 그런 일 없을 거라고 사과를 했다. 한번은 그로 인해 크게 다툰 날도 있었다. 수업이 없는 일요일이었고, 나는 K가 보고 싶다고 말했던 영화의 한시 십오분 티켓을 두 장 구입해놓았었다. 그날 아침 전화를 주기로 했던 K에

게서는 아무런 연락이 없었다. 호출기에 음성메시지를 남기고 집으로 전화를 걸어보기도 했지만 통화를 할 수 없었다. 나는 외출 준비를 마친 채 앉았다 섰다 하다가 영화가 시작될 시간이 지나는 것과 동시에 그의 주소가 적힌 수첩을 들고 집을 나섰다.

이렇게 사람을 기다리게 하는 법이 어디 있니. 너는 곧 머리카락을 박박 밀고 논산행 기차를 탈 건데. 실망시키지 않는 사랑은 세상에 없니. 이런 게 사랑이라면 지긋지긋해 못 견디겠다. 그렇게 악을 쓰고 당장 헤어져버려야겠다고 마음먹었다. 무엇보다 영화표 두 장이 아까워 견딜 수가 없었다.

밤마다 집에 바래다주는 쪽은 K였기에 그가 사는 집 앞에는 가본 적이 없었다. 그렇지만 그의 집은 아파트였고, 그러니 고속터미널에서 택시 기사에게 주소를 알려준다면 반포에 있는 아파트 앞에 내릴 수 있으리란 생각이 들었다.

택시는 수첩에 적힌 아파트의 정문 앞에 멈춰 섰다. 나는 단지 안을 지나는 사람에게 주소에 적혀 있는 동을 물어 칠층까지 바로 올라갔다. 구급차를 부르는 전화기 버튼을 누르듯 다급하게 초인종을 눌렀다. 문안에서는 아무 소리도 들려오지 않았다.

문 열어. 빨리 문 열란 말이야. 빨리 열지 않으면 이 자리에서 죽어버릴 테야.

K의 가족이 문을 열고 나올 염려는 없었다. K 어머니가 혼자 산다는 집은 옆 동네 아파트였고, K 아버지는 지난해 시골로 내려가 전원생활을 시작했다고 들었다. 첫째 형은 파리로 유학을 떠났다. 둘째 형은 카투사로 군복무중이었다. K의 집을 정기적으로 방문하는 사람은

일주일에 두 번 오는 파출부 할머니뿐이었다.

띵동 띵동—.

나는 재차 초인종을 눌러댔다. 기다릴 수가 없었다. 또 한번 초인종을 누르려고 손가락을 가져갈 때 문이 열리고 K가 흰 얼굴을 내밀었다. 이게 무슨 일이지, 라는 표정의 K는 입을 반쯤 벌렸다. 입 주위에 자장면의 춘장을 번들번들하게 묻힌 얼굴로. 조금은 무서운 것을 본 듯한 낯빛이기도 했다.

그래, 나도 이런 내가 무서워 K야. 나는 이런 사람이 아니었는데. 너는 나에게 너무 말수가 적어서 문제라고 했잖아. 커피 마실 때만이라도 어깨에서 긴장을 좀 풀어봐, 뭐가 그렇게 겁이 나니. 늘 그렇게 말했었잖아. 그런 내가 어쩌다 이렇게 됐을까. 이런 건 너무 끔찍해.

K는 밤새 술을 같이 마신 친구와 지금 일어나 중국음식을 시켜먹고 있었노라고, 친구를 집에 보내고 갈 테니 아파트 입구 커피점에서 딱 십 분만 기다려달라고 말했다. 그러고는 십오 분 있다 춘장을 말갛게 닦은 얼굴로 커피점에 나타나 한 시간 동안 잘못을 사과했다.

K야, 나는 불안해서 견딜 수가 없어. 이 년 이 개월 후 우리의 모습이 어떨지 나는 상상이 가지 않아. 네가 없는 동안 나는 학교를 졸업하고 혼자 어른이 되어야 해. 나는 모르겠어. 정말 모르겠어. K야, 너는 나를 위해 뭘 해줄 수 있니.

나는 식어버린 커피잔을 만지작대며 K에게 말하려 했지만 그러지 못했다. 이후로도 말하지 못한 채 K를 훈련소에 보냈다. 그런데 어째서 K는 나를 또 기다리게 만들까. K의 어머니도, 곽사장도, 운전기사도, 그리고 나도, 이렇게 K를 기다리고 있는데.

K는 좀처럼 오지 않았다.

그날 밤에는 자정 무렵부터 여름비가 호되게 쏟아졌다. 여관 뒤편이 개울이었는지, 쏴아— 하는 물소리가 방충망 안까지 넘어들어왔다. 좀처럼 잠이 들 수 없었던 건 빗소리 탓만은 아니었다.

형광등이 꺼진 방 한가운데에는 K의 어머니가 얇은 홑이불을 덮고 잠들어 있었다. 그 왼편에는 내가, 오른편엔 K가 누웠다. K는 조금 뒤척이다 오래지 않아 잠이 들었는지 이따금 으— 으— 하는 신음 소리를 냈다. 저녁을 먹고 나서 K 어머니는 K의 살성이 약해 살이 죄다 짓물렀다며 러닝셔츠를 벗기고 등에다 연고를 발라주었었다. 군화를 벗은 발에도 약을 발라주었다. 나는 K 어머니의 등뒤에서 K의 맨어깨를 눈으로 매만졌다.

내 왼편의 얇디얇은 벽 너머에서는 압력밥솥이 김을 내뿜는 소리처럼 요란한 콧소리가 규칙적으로 들려왔다. 곽사장인지 운전기사인지 옆방의 범인을 알 수 없으나 나이로 봐서 곽사장일 가능성이 높았다. 나는 개울물 흐르는 소리와 빗소리와 코 고는 소리를 뒤섞어 들으며 길게 몸을 뒤척였다. 전날 새벽 네시에 일어났는데도 잠이 쉬 오지 않았다. 쾨쾨한 냄새가 나는 꽃무늬 이불을 덮고 싶지 않았지만, 강원도라 그런지 비가 와서 그런지 밤공기가 서늘했다. 나로서는 K 어머니와 K가 어떻게 이처럼 빨리 잠들 수 있는지 놀라웠다. 혼자만 단잠에 빠진 K에게 왠지 모를 배신감이 치밀기도 했다. 멀리에서였더라면 한눈에 알아보지 못했을 만큼 검게 탄 K의 얼굴같이 모두가 생소한 일들뿐이었다.

나는 이불을 턱밑까지 끌어당기고 어둠 속에서 집게손가락 끝으로 아랫입술을 문질러보았다. 잠자리를 펴기 전, K는 K 어머니가 이불을 한 채 더 가지러 방문 밖으로 나가자마자 내 어깨를 안고 입을 맞추었다. 나는 언제 방문이 다시 열릴지 몰라 불안했지만, K의 이마 위로 흐르던 축축한 땀이 내 뺨으로 올라앉는 걸 느낄 수 있었다. K의 손은 한낮에 달궈진 벽돌처럼, 열병에 걸린 아이의 것처럼 뜨거웠다.

그러나 저녁 내내 K와 내가 나눈 대화는 열 마디도 안 되었다. 곽사장과 K 어머니는 K에게 끊임없이 말을 걸었고, 나는 옆에 앉아 멜론과 복숭아 조각만 베물었다. 군인이 된 K는 말수가 적어진 것 같았다. 곽사장은 낮에 벌써 K의 부대 상사를 만나 K의 보직에 대해 의논하고 온 모양이었다.

"우리 아이와 동갑이라고 했던가?"

K가 화장실에 간 사이 K 어머니는 물었다.

"예."

"집은 어디쯤이니?"

"삼선동이요."

"삼성동?"

"아니요. 삼선동이요. 혜화동 옆에."

"아아, 돈암동 가는 길?"

"예, 거기 살아요."

나는 베어먹던 복숭아 조각을 접시 위에 내려놓았다.

"부모님은 어디 분들이신데?"

"예?"

"고향이 어디시냐고."

"서울이요."

"두 분 다?"

"예, 두 분 다 서울에서 태어나셨어요."

"아버지는 뭐하시고?"

"아버지는, 공무원이세요."

"어머니는 뭐하시고?"

"어머니는 그냥 집에 계셔요."

"형제들은 어떻게 되니?"

"제가 첫째고, 여동생은 대학교 이학년, 남동생은 재수를 하고 있어요."

"아구야, 그럼 어렵겠구나. 공무원 월급으로 전부 공부시켜내려면."

나는 K 어머니의 말에 뭐라고 대답해야 할지 얼른 떠오르지가 않았다. 뭔가 말하긴 해야 할 텐데 뭐라고 해야 좋을지 몰라 입술에 침을 묻히고 있을 때, 곽사장이 끼어들었다.

"여대 다닌다고 했던가? 공부는 좀 했나봐. 집은 아파트에 사나?"

"아파트 아니고, 주택이요."

나는 껍질이 홀랑 벗겨진 채 접시에 올려져 있는 복숭아 두 알을 내려다보았다.

"주택?"

K 어머니는 무언가 더 물으려다 방문 밖에서 신발 벗는 소리가 들리자마자 말문을 닫았다.

나는 K와 K 어머니와 곽사장이 도란도란 나누는 대화를 들으며 과도로 복숭아를 잘게 썰었다. K 어머니는 무슨 이유로 처음 만난 사람의 집안 형편을 캐묻는가. 어른이라면 남의 집 살림에 대해 마음대로 평가해도 괜찮은가. 나는 K 어머니에게 이렇게 대들고 싶었다.

K 어머니, 어머니는 초등학생인 K를 K 아버지 집에 놓고 혼자 나가버렸잖아요. K는 쌀 포대처럼 외할머니 집 아버지 집 어머니 집 옮겨다녀야 했잖아요. 당신은 고등학생이던 K가 경찰서에서 엄마를 찾았을 때, 네 일은 네가 알아서 해라, 하고 전화를 끊었잖아요. 그래서 K는 언제나 엄마가 아니라 어머니라고 당신을 부르는 거잖아요.

언젠가 K는 자신에게 정신적인 의미의 집이란 건 없다고 말했다. 가정을 만드는 것 역시 자신 없는 일이라고.

"내 방엔 꼭 필요한 물건밖에 없어. 언제든 떠날 수 있게. 소유물이 많아지면 그만큼 움직이기 힘들어지잖아."

K의 말을 온전히 이해할 수는 없었다. 그저 이해하는 척 시늉할 따름이었다.

어째서 그런 아이를 만나지? 친구들의 눈빛은 그렇게 묻고 있었다. 친구들에게 중요한 일은 졸업을 하고 난 다음 남들에게 떳떳하게 말할 수 있는 직장을 갖거나, 그렇지 않으면 떳떳하게 말할 수 있는 직장을 가진 남자와 결혼하는 것이었으니까. 그러나 나는 마음을 졸이면서도 이상하게 K에게 끌렸다. 가난하다고도, 반대로 부자라고도 단정지을 수 없는 불안정한 K가 좋았다. 쉽게 K를 떠날 수도, 그렇다고 영원히 그의 곁에 머무를 수도 없을 것 같았다.

여관방 문간에 피워놓은 모기향의 매캐한 연기에 목구멍이 간지러웠다. 기침이 날까봐 침을 삼켰다. K는 지금 정말 자고 있을까? K는 무슨 꿈을 꿀까? K의 꿈에는 내가 나올까? 서울에서 상상했던 것만큼 K의 얼굴이 반가웠는지 그렇지 않았는지 정말 모르겠다는 생각이 들었다. 이등병 K의 얼굴을 보았으니 이제 그만 우리집으로 돌아가고 싶었다. 서울로 돌아가 새우나 전복이나 문어 말고 로스구이가 놓인 밥상 앞에 앉고 싶었다. 이렇게 누워 있다 아침이 올 때까지 한숨도 자지 못하면 어쩌나. 나는 불안한 마음을 토해내듯 손바닥으로 입을 막고 짧게 기침을 했다.

화천을 떠나 서울로 돌아오던 일요일 하루는 솔직히 잘 기억이 나지 않는다. 무슨 까닭인지는 나도 모르겠다. 서울을 떠날 때의 긴장이 풀어졌기 때문인지도 모르고, 전날 잠을 거의 못 잔데다 잘 먹지도 못해 온종일 어지러웠던 탓인지도 모르겠다. 한 가지 기억에 남는 것이 있다면 K를 부대 앞까지 데려다주는 길에 사단장 사택에 들렀던 일이다.

사단장 사택 앞에 차를 세워놓고 K 어머니가 사단장 부부와 이야기를 나누는 동안 운전기사와 나는 줄곧 차 안에 앉아 있었다. 서울로 빨리 돌아가 뜨거운 물에 샤워를 하고 모기 물린 자리에 약을 바르고 싶었다. 사단장에게 경례를 하고 차로 돌아와 뒷자리에 올라탄 K는 부대로 들어갈 일이 심란한지 모자를 푹 눌러쓰고 눈을 감았다. K 어머니가 대화를 마치고 자동차 쪽으로 걸어오자 사단장의 아내가 배웅을 하기 위해 따라오는 모습이 반쯤 열린 차창 밖으로 보였다.

"웬 아가씨? 서울서 온 여자친구인가?"

사단장의 아내가 묻는 소리가 들렸다.

"딸이 같이 왔어요. 우리 애 누나."

"아아, 누나가 있었던가? 맞아, 막내라고 했지?"

"네, 다음에 또 뵙겠습니다. 우리 아이 부탁드려요."

K 어머니는 예의 단호한 음성으로 당부를 하고 곽사장과 함께 자동차에 올라탔다.

"아아, 그래요. 조심해서들 가세요. 갈 길이 머네."

사단장의 아내는 손을 흔들고 몸을 돌려 사택 쪽으로 걸어갔다. K 어머니는 자동차가 출발한 다음에도 자신의 짧은 거짓말에 관해 가타부타 언급하지 않았다. 나는 K에게 누가 너의 누나이지? 누가? 하고 따지고 싶었으나 아무 말도 하지 않았다. 나와 아무런 상관 없는 사단장 마누라에게 나를 누나라 하든 이모라 하든 중요한 일은 아니었다. 그렇지만 K와 나는 동갑인데, K의 여동생이라면 몰라도 누나라고 하다니 너무하지 않은가. 아무리 내 생일이 K보다 두 달 빠르다 해도. 나는 뭔가 억울한 기분이었다.

K 어머니, 어젯밤 어머니와 K와 제가 한방에서 잤다고 해도 우리는 가족이 아니잖아요. 그렇잖아요.

다방과 호프와 구멍가게가 옹기종기 모인 거리를 차를 타고 지나는 길에 보니 낡은 시외버스가 한 대 서 있고, 버스 안으로 젊은 여자들이 하나둘 올라타고 있었다. 남자친구나 가족을 면회 왔던 여자들로 보였다. 집으로 돌아가는 여자들은 하나같이 핸드백보다 큰 가방을 들었고, 곱게 화장한 얼굴에는 짙은 피로가 기미처럼 내려앉아 있었다. 여름 저녁이 아주 길 것을 아는 얼굴들이었다. 나는 유리창 밖으로 그 풍경이 완전히 사라질 때까지 눈을 뗄 수가 없었다. 오른손을 조금만 뻗으면 K의 왼팔을 잡을 수도 있었지만, 그가 옆에 있다는 게 실감나지 않았다.

"어머니, 더이상 신경쓰지 않으셔도 돼요. 이젠 견딜 만해요. 고생하셨어요."

K는 자동차에서 내리면서 어머니에게 말했다. 그리고 내가 앉은 뒷좌석 쪽으로 허리를 숙인 채 유리창에 손바닥을 붙였다. "편지할게." 느리게 손바닥을 뗐다. 나는 유리창에 찍힌 손자국 너머로 멀어져가는 뒷모습을 지켜보았다.

화천으로 떠났던 길을 거슬러 서울로 돌아오는 저녁, 나는 K와 내가 속한 세계가 어느 순간 완전히 갈라져버렸다는 사실을 깨달았다. 아니, K와 나는 어쩌면 처음부터 완전히 다른 세계에서 살았는지 모르겠다는 생각도 했다.

불문과를 이 년 다니고 입대한 K는 그의 인생에서 글쓰는 것보다 더 중요한 일은 없다고 말하곤 했다. K는 만날 때마다 손에 책을 쥐고 나왔고, 고등학생 때부터 소설을 쓰고 있었다.

"나는 세상의 밑바닥을 다 겪어볼 거야. 네가 그걸 함께 겪을 수 있겠니. 나는 모르겠다."

그 말을 듣던 나는 가난을 안다면 그런 말을 쉽게 하지 못할 거라고 생각했다. 가난은 포즈가 아니라는 진실을 안다면. K와 같이 북적이는 전철을 탔던 어느 휴일, 갓난아기를 안은 채 어린아이 둘을 데리고 선 여자가 있었다. 아이들을 멀찍이 쳐다보던 K는 저렇게 살아야 하다니 정말 가엽지 않니, 차가운 목소리로 속삭였다. 그 말을 기억하는 이유는 나 역시 어릴 적에 동생들을 데리고 엄마를 따라 전철을 타곤

했기 때문이었다.

자동차의 헤드라이트가 긴 어둠을 밀어내며 앞으로 나아가는 동안 나는 눈을 감고 복기하듯 K의 전화 목소리와, K가 지었던 미소, 그리고 K가 했던 약속들을 되짚어보았다. 다음해에 나는 대학 졸업반이 될 터였지만, 내가 무엇이 될 수 있을지 알 수 없어 막막했다. 때로는 K와 헤어진다면 내가 떠안고 있는 불안을 한순간에 덜어낼 수 있을 거란 생각에 빠지기도 했다. 하지만 그를 잃는다는 상상 역시 나를 불안하게 만들기는 마찬가지였다.

K야, 나는 나이를 먹어간다는 게, 어른이 된다는 게 어떤 일일지 알 수 없어 두려워. 세상을 살아간다는 건 점점 지름이 좁아드는 깔때기 안으로 미끄러져내려가는 일이 아닐까. 의자 뺏기 게임을 할 때처럼 흥겨운 노래에 취해 의자를 놓쳐버리면 아무데도 앉지 못하게 되는 게 아닐까. 외롭게 서서 의자에 앉은 아이들의 안도하는 얼굴을 바라보게 될까봐 나는 몹시 두려워.

나는 습관처럼 머릿속으로 K에게 보내는 편지를 천천히 적어내려갔다.

여름방학이 끝나고 오래 지나지 않았을 무렵, K에게서 편지 한 통을 받았다. 양면 괘지에 반듯하게 쓰인 익숙한 글씨는 K가 속한 부대가 11월에 철책 안으로 이동을 한다고 알려주었다. 그곳에 있는 반년간은 면회가 안 되는 건 물론, 전화와 편지도 주고받을 수 없다고. K는 담담한 말투로 앞으로는 편지를 보내지 않겠다고, 더이상은 답장을 받을 수 없을뿐더러 받고 싶지도 않다고 적었다. 그야말로 간단

명료한 통고였다. 어째서 K가 그런 편지를 보내게 되었는지 그때의 나로서는 도무지 이해할 방법이 없었다. 갑자기 나에게 왜 이러느냐고 묻고 싶을 따름이었다.

너희 어머니를 따라 화천으로 갔을 때 그랬잖아. 가끔은 네가 살아 있다는 걸 확인하고 싶을 때가 있어, 그러면서 양손으로 내 뺨을 감싸 쥐었잖아. 아무도 몰래 그랬잖아. 얼마 전에 네가 그랬었잖아.

나는 군사우편 도장이 찍힌 편지봉투가 무슨 음모를 감춘 것 같아 몇 번이나 뒤적여보았다. 그리고 11월이 오기 전에 화천으로 두 통의 편지를 연달아 띄우기도 했지만, 답장은 오지 않았다. K는 내가 닿을 수 없는 세계에서 보다 먼 곳으로 달아나고 있었고, 내게는 어떻게든 주어진 현실을 받아들이는 방법밖에 선택지가 없었다. 그럼에도 나는 때때로, 아니 자주 내가 무엇을 잘못했을까, 애써 생각하곤 했다. K와 나에게 무슨 일이 일어난 걸까. K는 무슨 이유로 나에게 헤어지자고 말했을까.

K는 아무 대답도 들려주지 않았다.

그해 가을, 나는 밤마다 PC통신 영화퀴즈방에 접속했고, 일주일에 세 번 과외 아르바이트를 했으며, 일주일에 하루씩 대학 부설 종합사회복지관에서 사회복지학과 전공 실습을 했다. 복지관 노인복지 파트에 속한 나는 독거노인들을 위한 반찬 배달과 생활실태조사를 하느라 철거 일정이 잡힌 달동네를 힘겹게 오르내려야 했다. 이른 아침의 신촌 뒷골목은 쓰레기가 지천이고 행인이 보이지 않아 내가 모르는 곳 같았다.

그래, 이건 아무것도 아니야. 정말 아무것도 아닌 거야. 화천 같은 곳엔 두 번 다시 가고 싶지 않아. 크리스마스이브쯤 혼자 보내도 외롭지 않아. 이런 건 진짜 사랑이 아닐 거야. 맞아, 아무것도 아니지. 버림받았다고 해서, 죽을 필요까지는 없어.

하지만 그렇게 되뇐다고 해서 K의 얼굴을 볼 수 없다는 사실이, 내가 버려졌다는 확연한 사실이 달라지지는 않았다. 나는 노여울 만큼 붉게 물든 낙엽을 밟으며 햇볕에 그을린 K의 얼굴을, K 어머니의 가느다란 담배를, 굵은소금 위에서 탁탁 소리내며 몸을 오그리던 새우를, 뾰족한 구두 뒷굽으로 짓이겼다. 그러노라니 뜯지 않아 철이 지난 달력같이 남루하게 멈춰 있던 가을도 지나고, 문득 겨울이었다.

대학을 졸업하고 삼 년이 지났을 무렵이던가, 대학 동창 S를 오랜만에 만나 차를 마신 일이 있었다. 대학 삼학년까지만 해도 수업을 같이 듣던 친구였는데, 어느 순간 멀어져버려 졸업한 뒤로는 안부 전화조차 하지 않는 사이가 되어버렸다. 아마 K와 내가 헤어지지 않았더라면 그녀와 그렇게 멀어지지는 않았을 거였다. 그도 그럴 것이, K와 헤어지던 가을에 그녀는 K를 통해 알게 된 K의 오랜 친구와 연애중이었다. 그때의 나로서는 K와 관계된 모든 것들이 끔찍하게 여겨졌고, 그런 이유로 그녀와 자연히 멀어졌다. 그녀 역시 K 친구의 아반떼 자동차를 타고 놀러다니느라 바빠서 내가 겪고 있는 고통을 공유할 마음은 조금도 없어 보였다. 그러나 유난스럽게 다정해 보였던 그녀와 K의 친구도 그해가 가기 전에 소리없이 헤어져버린 모양이었다.

S는 나에게 안부를 묻다가 소설가로 등단했다는 얘기를 듣고 무슨 재미없는 농담이냐는 표정을 지었다.

"네가? 정말?"

"응. 소설을 쓰게 됐어."

"뭐야, 넌 대학 때 소설가가 되고 싶다는 말 한 번도 한 적 없잖아."

"그래, 그랬지. 어쩌다보니 그렇게 됐어. 나도 내가 소설을 쓰게 될 줄은 몰랐는데."

"소설을 쓰겠다고 했던 사람은 네가 아니라……"

S는 불쑥 K의 얘기를 꺼냈다. 이제는 K와 연락을 아주 안 하고 사느냐고도 물었다.

"예전에 한 번 편지를 받았어. 전화도 한 번 왔었나."

그와 재회한 적이 있다는 말은 하지 않았다. 지금도 자정 넘어 전화벨이 울리면 또 K로구나, K는 왜 행복해지지 못할까, 생각하며 전화를 받는다는 말도 하지 않았다.

"잘 지낸대?"

S의 눈꺼풀에서 호기심이 깜박였다.

"그렇겠지. 그냥 술 마시고 걸었나봐."

"편지는 뭐라고?"

"별 내용 아니었어."

나는 그때까지도 K에 관한 대화가 불편했지만, 내색하지 않았다. 오히려 잊어버린 일이란 투로 가볍게 말하려 애썼다.

S야, 몰랐니? 나는 K가 소설을 쓰고 싶어하는 아이였기에, 그래서 그앨 좋아했다는 걸. 그애의 꿈을 두려워하면서도 그 때문에 끌렸었다는 걸.

한번은 K와 나의 운명이 K와 헤어진 가을을 기점으로 해서 뒤바뀌어버린 건 아닌지, K의 운명을 내가 가져와버린 건 아닌지, 그런 터무

니없는 생각이 든 적도 있었다.

"이런 얘기 해도 되는지 모르겠는데, 전화가 왔었다니까 하는 말인데. 아니다, 이런 말 해서 뭘 해."

S는 무슨 말인지 꺼내다 말고 찻잔을 들었다.

"무슨 얘긴데 그래? 무슨 얘긴데 하려다 말아."

"아니, 이제 다 정리됐지? 혹시라도 너 다시 만날까봐 염려돼서 하는 말인데."

"뭔데 그래."

"내가 전에 들은 말인데, 걔 말야, 군대 있을 때, 너 말고 다른 여자가 또 있었던 것 같더라?"

"그래?"

S는 헤어진 남자친구의 이름을 절대 입에 올리지 않았지만, 누구에게 들은 이야기인지는 굳이 물을 필요도 없었다.

"아, 확실하진 않고."

"그럼 뭣 때문에 그렇게 말하는데."

나는 표정을 감추기 위해 찻잔을 들어 입술로 가져갔다. 홍차에서 올라온 수증기가 얼굴을 뜨겁게 데웠다.

"전에 너네들 얘기를 하다 그러더라고. 야구를 할 땐 에이스가 가장 중요하지. 하지만 야구란 에이스만 가지고 하는 게임은 아니거든. 에이스보다 못한 약한 선수도 있어야 하는 법이야, 라고."

그 말을 할 때 S는 조금 만족스러운 표정이었다. 이윽고 그녀는 핸드백에서 청첩장을 꺼내 찻잔 옆으로 밀어놓았다. 결혼할 남자는 다섯 살 연상의 대학병원 레지던트라고 덧붙였다.

S와 헤어져 집에 돌아온 나는 조금 울었고, 그즈음 사귀고 있던 Y에게 전화를 걸었다. K와 나의 지난날을 알고 있던 Y는 내가 하는 얘기를 끝까지 듣고 나서 물었다.

"아직도 그 얘기가 너한테 중요하니?"

"그애가 중요한 게 아니라 진실이 중요하다고. 내가 왜 버림받았는지."

"진실을 누가 알겠니."

"그건 그래. 하지만 어떻게 그럴 수 있어. 나는 그애 어머니를 따라 강원도까지 갔었다고."

"그럼 나쁜 사람이구나."

"그래, 그놈은 나쁜 놈이라니까."

"그런데 그 남자가 나쁜 놈이면 안 되니?"

"……"

"모두 지나간 일들이야."

"그래, 나도 알아."

Y에게, 나는 지나간 일이라고 해서 사라지는 건 아니지 않냐고 반문하고 싶었다. 하지만 그러지 않았다. 그건 그에게 잔인한 일 같았다.

"누군가 다른 여자가 있었다 치자. 없었다면 달라졌을까?" 짧은 침묵이 흐른 뒤 Y가 다시 입을 열었다. "괜찮아?"

"나한테 결과는 중요하지 않아."

"과거가 뭘 말해줄 수 있겠니? 뭘 증명할 수 있어."

"지나간 일들이라고, 아무것도 아니라고 하진 마."

나는 결국 말하고 말았다. 타인의 고통보다는 내 고통이 중요했다.

나는 언제나 그런 식이었다. 오래전의 여름, K를 잃어가고 있다고 느낄 때도 마찬가지였다. 그러면서도 K가 나를 사랑하지 않았다면 괴로울 것 같았다.

“내가 너희 집 근처로 갈까? 그 커피점.”

Y는 여느 때처럼 담담한 음성으로 물었다.

“괜찮아. 오빠 바쁘잖아.”

“아니야, 잠깐 들를게. 삼십 분 있다 나와.”

“알았어. 그럴게.”

나는 전화를 끊고 딱딱한 책상용 의자에 오래 앉아 있었다. 그러다 옷을 갈아입고 두툼한 털목도리로 목을 감싼 뒤 방문을 열었다. 대문 밖으로 나서자 가로등 불빛 속으로 진눈깨비가 쏟아져내리고 있었다. 나는 검고 축축하게 젖은 길 위로 종종걸음을 쳤다.

S가 물었을 때 얘기해주지 않은, 제대를 하고 대학생으로 돌아온 K의 편지 내용은 이런 것이었다. 그 가을, 어쩐지 내게서 당장 도망치고 싶어 견딜 수가 없었다고. 그것밖에는 다른 생각이 나지 않았다고. 자신은 늘 아무것도 모르는 채 달리기만 하는 야간트럭 운전사처럼 살아왔다고. 자신의 미래에 대해 생각하면 흉측하게 부패된 고깃덩어리를 바라보는 기분이었다고.

나는 그때서야 K가 느낀 불안을 조금 이해할 수 있을 것 같았다. 그해 가을, K와 나는 각자 무엇에선가 달아나고 싶었던 게 아니었을까. 서로에게서 벗어나면 우리를 감싸고 있던 불안한 기운으로부터 달아날 수 있으리라 믿었는지도.

나는 흩날리는 진눈깨비 속을 지나 커피점 나무계단을 밟고 올라갔다. Y가 앉는 창가 자리는 아직 비어 있었다. 나는 그 자리에 앉아 김 서린 유리창에 손바닥을 살며시 댔다가 뗐다. 스웨터 소매로 유리창에 난 손자국을 문지르자 창밖으로 쌀가루처럼 가는 눈발이 날리는 횡단보도가 내려다보였다. Y가 늘 이 자리에서 기다렸던 이유를 비로소 알 수 있었다.

나는 Y가 눈을 맞으며 걸어오는 모습을 놓치면 안 될 것 같은 간절한 마음으로 창밖을 내다보았다. Y는 좀처럼 오지 않았다.

나는 왕이며 광대였지

09:43 a.m.

기와 **진**은 그들이 어쩌다 꽃무늬 벽지의 방에서 깨어나게 되었는지 알 수 없었다. 방바닥에 깔린 밍크 담요 위에서 눈을 뜬 뒤로 줄곧 그 이유를 찾았지만, 확인할 수 있는 건 낯선 방에 갇혀 있다는 사실뿐이었다. 낮은 촉수의 알전구가 켜져 있는 방에는 쪽창조차 눈에 띄지 않았다. 원룸 형태의 방에 붙어 있는 욕실에도 환기구와 창문이 없었다. 밖으로 나갈 수 있는 유일한 출구라면 현관문일 텐데, 그것에는 손잡이가 달려 있지 않았다. 다만 문짝 아래쪽, 그러니까 바닥에서 십 센티미터 높이쯤에 토스터의 식빵 투입구만한 여닫이 구멍이 하나 뚫려 있었다.

여닫이 구멍 앞에 엎드려 고함을 지르던 **기**는 몸을 일으켜 현관문에 부딪쳤다. 금속 문은 경첩이 흔들리는 기미도 없었다. 문 뒤쪽에 뭘 대놓았는지 몸이 부딪치는 소리가 크게 울리지도 않았다. **기**가 구멍에 눈을 대고 내다보려 했지만, 구멍 바깥은 검은 재로 가득한 굴뚝 속처럼 어두웠다.

"앞이 캄캄하다."

기는 허리가 아프다고 중얼거리며 담요 위에 누웠다. 그는 어젯밤 **진**과 섹스를 나누고 잠이 들었을 때와 마찬가지로 푸른 줄무늬 트렁크스 차림이었다.

벽을 손바닥으로 탕탕 두드리고 다니던 **진**도 **기**를 따라 담요 위에 쪼그려앉았다. **진** 역시 맨몸에 오버사이즈의 면 티셔츠를 걸치고 있었다. **진**은 **기**의 무릎에 든 멍을 보고 제 몸을 훑어보았다. 정신이 들지 않는 동안 어디에 부딪쳤는지 **진**의 허벅지에도 푸른 멍자국이 나 있었다. 몸이 이렇게 되도록 깨지 않을 수 있나 생각을 더듬어가다보니 **진**은 팔에 소름이 돋았다.

"지금 몇시야?"

진이 **기**에게 물었다.

기는 손목시계를 보고 "아홉시 사십오분" 하고 짧게 말했다.

"어머, 열시? 수업시간이 지났잖아!"

"지금 학교가 문제니? 회사는? 아침 회의는? 오늘 중요한 미팅이 몇 갠 줄 알아?"

기는 다시 손목을 들어올렸다. 그는 잠들기 전 손목시계를 침대 머리맡에 풀어두었는데, 시계를 머리맡에 놓고 자는 건 오래된 습관인데, 어떻게 시계가 손목에 채워져 있는가, 하고 **진**에게 물었다.

"그게 뭐가 중요해. 지금 갇혀 있다는 게 중요하지. 시계가 무슨 상관이라고."

"시계는 있는데 휴대폰이 왜 없지. 휴대폰만 있으면 다 해결될 텐데."

"자긴 정말 하나 마나 한 소리만 하기야? 나 무서워죽겠다고."

"담배나 한 대 있었으면 좋겠다."

기는 손을 뻗어 **진**의 매끈한 종아리를 쓰다듬었다. 손끝에 닿는 따듯하고 익숙한 감촉은 불행히도 이게 악몽이 아니라는 사실을 확인시켜주었다.

"여기가 어딜까."

진은 한숨을 내쉬고 같은 말을 되풀이했다. 그녀는 방바닥에서 일어나 꽃무늬 벽지와 화장실 내부를 재차 뜯어보았다. 어디 쪽지라도 붙어 있지 않은지 살피다가 잔 꽃무늬에 눈이 시려 눈꺼풀을 감았다 떴다 했다.

"싱크대도 없고, 냉장고도 없고, 방엔 이 텔레비전 하나밖에 없나 봐. 욕실에도 세면대랑 변기밖에 없고."

진이 말을 멈추고 욕실 문을 닫았다. 조금 있다가 변기 물 내려가는 소리와 세면대에 물 부딪치는 소리가 문틈으로 새어나왔다.

"수건 한 장도 없네."

화장실에서 나오던 **진**은 입고 있던 티셔츠 자락을 끌어당겨 턱밑으로 떨어지는 물을 눌러 닦았다.

"어떤 새끼가 장난질이야!"

기의 목소리가 탁하게 갈라져 나왔다.

"무조건 새끼래. 남잔지 여잔지 어떻게 알고."

"그럼 여자가 우릴 여기로 옮겼단 소리야? 잠자는 사람을 들어올려서?"

"혹시 몰래카메란 아니겠지."

"네가 연예인이냐."

"차라리 그런 거면 좋겠다. 연쇄살인마, 성폭행범은 아니겠지. 그렇겠지?"

01 : 13 p.m.

진은 수돗물을 마셔야 하나 말아야 하나 하는 문제로 이십 분째 **기**와 옥신각신하고 있었다.

"어젯밤에 찜닭하고 소주만 안 먹었어도 이렇게 목이 마르진 않았을 텐데."

진이 말했다.

"네가 시켜먹자고 했잖아."

조금 전 욕실 세면대 수돗물을 손바닥으로 받아 마신 **기**는 배가 고프다고 투덜댔다.

"여자는 군대를 안 갔다 와서 그래. 수돗물 먹는다고 죽냐. 독을 탔으면 나부터 죽었다."

"누가 죽는대? 화장실에서 받아먹어야 하니까 그렇지."

"변소나 부엌이나 수돗물이 다르냐고. 왜 자꾸 사소한 걸로 피곤하게 하니."

"자기 지금 나 비난해?"

"말만 하면 다 비난이고……"

"근데 언제까지 이렇게 있어야 해. 누가 우릴 보고 있는 거 아닐까."

진은 아랫배와 엉덩이만 살짝 가린 티셔츠 앞자락을 끌어내렸다.

"오늘 점심에 신문기자랑 식사하기로 했는데. 저녁엔…… 경찰청 뒤편 식당을 예약해놨고."

기가 혼잣말을 했다.

진은 여덟 평 남짓한 방안을 걸어다니며 벽 모서리와 알전구, 텔레비전을 살펴보았다.

"뭐해?"

"CCTV가 있나 해서."

진이 문간의 먼지 낀 스위치를 만지작거리자 전구가 깜박 꺼졌다가 불이 들어왔다.

"뭘 만진 거야!"

기가 언성을 높였다.

"왜 그래? 누가 어쨌다고."

"놀랐잖아."

"놀라긴 어떻게 더 놀라."

"그냥 가만히 있어."

창도 없이 촉수 낮은 등만 켜져 있는 방은 한낮인데도 보자기 안처럼 어두웠다.

"텔레비전이나 켜봐. 들어오나."

기가 텔레비전 쪽으로 손짓을 했다.

진이 방 한구석에 받침대도 없이 덩그러니 놓인 LG 텔레비전의 전원 버튼을 누르자 다큐멘터리 프로그램이 흘러나왔다. 내레이션은 원로 탤런트의 귀에 익은 음성이었다.

"이거 지방 방송은 아니지? 여기가 어딜까. 서울이 아닌가."

기는 **진**의 말에 대답하지 않았지만, 납치를 당했다면 서울에서 멀리 떨어진 곳이 아닐까 속으로 생각했다. 영화나 드라마에서 납치가 되었다 하면, 야산의 창고나 외딴집에 갇히는 게 정석이기 때문이었다. 그런데 이곳은 지나치게 일상적이어서 더 괴이하게 느껴졌다. 누군가 살았던 흔적도, 가구 하나도 없지만, 내일이면 고단한 얼굴의 의류 판매원이나 몸에 안 맞는 양복을 걸친 신입사원이 용달차를 불러 이사 올 것처럼 보이는 꽃무늬 벽지의 방이었다.

텔레비전 화면 속에서는 마당의 닭들이 꾸구국 꾸꾹 소리를 내며 작대기질을 피해 도망다녔다. 작대기를 들고 닭을 모는 사람의 얼굴은 보이지 않고, 그의 흰 손만 화면에 잡혔다.

"멍청한 닭대가리들."

기가 욕을 내뱉는 순간, 화면 속 시골집의 너른 마당이 돌연 장대비가 쏟아지는 어두운 거리로 바뀌었다. **기** 옆으로 **진**이 바짝 다가앉았다.

"저거 뭐야."

진의 낮은 목소리는 텔레비전에서 흘러나오는 BGM에 묻혔다.

"나 저 영화 봤어."

기가 말했다. 네모난 화면에 드러난 얼굴은 이십여 년 전 떠들썩한 결혼과 함께 스크린에서 은퇴한 여자 배우라는 얘기도 덧붙였다.

진은 **기**로부터 텔레비전에서 흘러나오는 영상이 오래전 상영된 하드고어 스릴러 영화의 일부라는 설명을 듣고서야 움츠린 어깨를 폈다. 진은 제목도 들어본 적 없는 영화였다.

"난 또 뭐라고. 근데 뭣 땜에 갑자기……"

이어지는 장면을 주시하던 진은 기에게 하려던 말을 그만 잊어버렸다. 영화에서 길고 날카로운 메스가 침대에 묶인 남자의 살을 베어내고 있었다. 메스가 살 속으로 깊이 파고들자 칼날의 길을 따라 빨간 핏줄기가 아래로 아래로 흘러내렸다. 입이 테이프로 봉해진 채 몸이 잘려나가는 남자의 고통스런 표정이 클로즈업되는 반면, 메스를 쥔 자의 얼굴은 드러나지 않았다. 사각의 화면 안에서는 살인마의 수술 장갑만 확인할 수 있었다.

"영화일 뿐이야. 오래된 영화."

내뱉은 말과 달리 기는 장면이 바뀔 때까지 시선을 떼지 못했다. 그는 손바닥으로 마른세수를 한 다음 무릎에 얼굴을 묻었다.

현관 쪽에서 달칵, 하는 소리가 들린 건 진이 동그랗게 몸을 만 기의 등에 매달려 볼을 비비고 있을 때였다. 금속과 금속이 맞부딪쳐 내는 소리와 무언가 바닥에 떨어지는 소리가 연달아 들렸다.

기는 부리나케 현관 앞으로 다가갔다. 그는 현관문을 밀어보고 여전히 완강하게 닫혀 있는 것을 확인한 뒤에야 그가 '개구멍'이라 부르는 여닫이 구멍을 내려다보았다.

"이게 뭐야? 소시지?"

진이 기 옆으로 다가와 물었다.

기는 여닫이 구멍 밑에 떨어져 있는 것들 가운데 한 개를 조심스럽게 집었다. 손가락 크기의 소시지를 유리 실험관처럼 들어올려 뱅글 돌려보았다. 그것은 편의점 진열대나 슈퍼마켓 계산대 옆에서 흔히

볼 수 있는 어육소시지였다. 다른 점이라면, 기의 손가락이 쥐고 있는 소시지의 주황색 비닐포장 위에 빨간 사인펜으로 손톱 모양이 그려져 있다는 사실이었다. 기는 몸을 구부려 바닥에 떨어진 나머지 소시지들을 하나씩 집어올렸다.

소시지는 모두 다섯 개, 손톱도 다섯 개였다.

09 : 26 p.m.

진은 손톱이 그려진 소시지 껍질을 벗겨 한입 베물었다. 토막살인이 잇달아 일어나던 영화는 끝난 지 오래였다. 텔레비전에서는 익숙한 얼굴의 아홉시 뉴스 앵커가 환율 하락을 보도하는 중이었다. 그의 얼굴이 이처럼 반갑게 느껴진 적은 없었다고, 진은 생각했다. 두 사람은 텔레비전 전원을 꺼버렸다가 방안의 정적과 흐릿한 전등 불빛이 견디기 어려워 다시 켜둔 참이었다.

"어쨌든 먹어야 사니까. 먹기 싫어도 먹고 버텨야 나가지."

눈을 감고 있는 기는 진이 소시지를 오물대며 하는 소리가 혼잣말인지 자신에게 건네는 말인지 알 수 없었다.

"사람이 극한에 다다르면 쥐도 먹고 나무뿌리도 먹고 사람도……"

진은 사람도, 까지 말하다 멈추고는, "아니, 물만 있어도 일주일은 산다며" 하고 덧붙였다.

"아까는 수돗물도 못 먹겠다고 죽을 것처럼 굴더니, 잘 먹네?"

여전히 눈을 감은 기가 소시지 씹는 소리를 들으며 말했다.

진은 왼쪽 손목으로 눈자위를 가리고 누운 기에게 무릎걸음으로 다가갔다. 기의 팔을 내려놓고 손바닥으로 이마를 짚었다.

"열은 없네. 아파? 많이?"

먼저 허기를 채운 기는 닭이 머리를 쪼아대는 것 같다며 담요 위에 누운 지 한 시간째였다. 두시 넘어 개구멍으로 넘어온 소시지는 일곱시쯤 요란스런 소리와 함께 열 개가 더 떨어졌다. 달칵, 하는 소리가 들리자마자 기가 현관 앞으로 쫓아갔으나 문밖에는 발소리조차 남아 있지 않았다. 기는 손가락 모양 소시지들을 노려보다가 역시 손톱이 그려진 비닐 껍질을 벗기고 잘근잘근 씹어먹었다. 여느 것과 맛이 다르지 않았다.

"그래도 자기랑 같이 있으니까 괜찮아. 우리가 죽는다면 같은 날 죽는 셈이네."

진이 왜 자꾸 불길한 말을 입 밖에 내는지 기는 이해할 수 없었다.

"교감이 전화를 몇 통이나 걸었을까. 무단결근자라고 난리를 쳤겠지. 난 그런 사람이 아닌데."

기는 진의 말에는 대꾸하지 않고 "누가 이런 짓을 했을까" 하고 여전히 눈을 감은 채 말했다. 문득 기는 이곳에 오기 전부터 H여중 교감 얘기라면 지긋지긋했다는 생각이 들었다. 기는 H여중 교감을 만난 적이 없지만, 그녀가 재단 이사장의 막내며느리라는 사실뿐만 아니라 신경질적인 말투와 다니는 교회와 즐겨 보는 드라마까지 다 알고 있었다. 사립학교라 학교를 그만두지 않는 이상 교감을 안 보고 살 수 없다는 진의 짜증을 받아줄 때마다 기는 장모로도 모자라 B사감 같은 교감까지 등에 업고 사는 여자와 결혼해야 하나 불만이 치밀었다. 그는 진에게 회사와 학교 중 어디가 더 근무환경이 편한가, 하고 한 번쯤 따지고 싶었다. 대기업 홍보과 대리가 하루 평균 몇 통의 전화를 받아야 하는지 아느냐 조용히 물은 적도 있었다. 그러나 학교를 그만두고 싶으면 언제든 집어치우라는 말은 꺼내지 않았다.

"누굴까."

기가 또 말했다.

"커피 한 잔만 마셨으면 소원이 없겠다. 차갑게, 아니 뜨겁게."

진은 시선을 돼지 축사에서 대형 마트 정육 코너로 이어지는 뉴스 화면에 고정하고 있었다.

"누구야."

"샷 추가로 아주 진하게."

"놈의 목적이 뭐야. 이 소시지는 뭐고."

기의 말투에 짜증이 밴 지 오래였다. 기는 진에게 누구든 이런 짓을 할 만한 작자가 있는지, 근래에 이상한 사람을 만난 적은 없는지 물었다.

기의 말에 진은 엊그제 밤 빌라 앞에 내릴 적에 "술 마셨어요?" 하고 묻던 택시 기사를 떠올렸다. 회식에서 교장 옆에 앉은 죄로 마신 맥주 서너 잔이 고작인데, 택시에서 내리려는 승객에게 능글맞은 목소리로 술 마셨냐고 물은 이유가 뭔지 알 수 없었다. 그 밖에 떠오르는 얼굴이라면 빌라 현관에 노상 담배꽁초를 버리는 반지하방 백수 정도였다. 그러고는 수업시간 내내 그녀에 대한 욕을 스마트폰으로 주고받다 걸린 아이 둘의 얼굴을 떠올리다 도리질 쳤다. 그럴 리는 없다고, 자신과 가까운 사람 가운데 이런 짓을 할 악당은 없다고 확신했다. 기를 만나기 전에 일 년 정도 사귄 소아과 레지던트 역시 먼저 싫증을 내면서 헤어지자고 한 인간인데, 납치를 할 만큼 원한을 품고 있을 리 없었다.

기는 기대로 진의 대답을 듣지도 않은 채 혼잣말을 했다. 집에서 자다가 끌려왔으니 분명 그가 사는 아파트를 아는 놈이라고 소리를 높였다. 스핑크스의 수수께끼를 가장 먼저 푼 사람처럼 손바닥으로 허벅지를 탁, 소리나게 내리치기도 했다.

"그래서?" 진이 물었다. "그럼 우릴 가둔 건 자기를 아는 사람이겠네? 자기 주변 사람."

순간, 진은 면죄부를 산 것처럼 마음이 홀가분해지는 것을 느꼈다.

반면 기에게는 진의 말이 그를 탓하는 투로 들렸다. 진이 마음속으로 이래서 범죄가 일어나면 주변 사람부터 취조하는구나, 어제 기의 집에서 술을 마시지 않고 다른 날처럼 일찍 귀가했더라면 여느 날처럼 아침 일찍 출근해서 영어를 가르쳤겠지, 하지만 어느 날 불쑥 기가 사라진다면 혼자만 무사하다고 될 일일까, 라는 상상까지 줄줄 이어갔다는 사실은 알지 못했지만 말이다.

"누구야? 도대체. 누구한테 원한 산 적 있어? 회사에서 이상한 사람이랑 싸운 적 있냐고. 우리 언제 나갈 수 있어? 우리 결혼식은 할 수 있겠지?"

진은 기와의 결혼식 날짜가 며칠 남았는지 셈해봤다. 한 달 하고 대략 이십여 일이었다. 진은 그들이 계속 직장에 나가지 않으면 누구든 실종신고를 하리라 믿었다. 가장 먼저 경찰에 전화를 거는 사람은 누구일까. 인천에 살고 있는 여동생? 기의 직장 동료? 설마 교감? 진은 그게 누구라도, 원수 같은 교감이라도 그녀를 찾아주기를 간절히 바랐다.

"결혼 준비 반도 못했는데 이게 무슨 일이야. 자기 정말 아무 방법 없어?"

"조용히 좀 해봐. 생각을 해야 방법을 찾지."

"오늘 하루종일 생각했잖아. 내일 되면 죽을지도 모르는 판에, 시간을 붙잡아놓고 있는 것도 아니고, 무슨 생각을 그렇게 오래 해."

"가만있어봐. 아직 아무 일도 일어나지 않았어."

기는 손바닥에 난 땀을 맨무릎에 쓱쓱 닦았다.

"밖으로 연락할 방법이 이렇게 없어?"

"야, 넌 생각 안 해? 생각 없어? 왜 매일 시키기만 해!" **기**가 벌컥 화를 냈다. "아 씨, 내가 왜 여자한테 화를 내지. 개새끼 때문에."

두 사람은 입을 다물고 아홉시 뉴스로 시선을 돌렸다. 이윽고 얼마 있다가 스포츠 뉴스가 시작될 때, **기**는 **진**의 티셔츠를 들쳐올리고 오른손을 안쪽으로 집어넣었다.

"지역 방송 뉴스가 없는 걸 보니 서울이나 그 부근인가봐, 여기. 그렇지?"

진은 대답하지 않았다. **기**를 쳐다보지도 않았다.

"화내지 마."

기가 **진**의 음부를 손가락으로 더듬었다.

"왜 이래."

"그냥, 생각이 나서. 불안하니까."

"누가 보고 있는 거 몰라?"

"우리 불 끄고 할까."

"불만 끄면 돼?"

"보든 말든 어차피 인간도 아닌데. 인간이 아니잖아."

"같이 미치려고 그래? 이러지 마. 지금이 이럴 때냐고, 제발."

잔뜩 찡그린 얼굴로 방바닥에서 일어난 **진**은 텔레비전 위에 올려놓았던 반쯤 남은 소시지를 마저 입에 넣고 씹었다.

04:07 a.m.

탕. 문이 닫히는 소리에 **진**과 **기**는 눈을 떴다. 둘이 현관 앞으로 쫓아갔을 때는 벌써 문이 닫힌 뒤였다. **기**는 두시 넘어서까지 오만 가지 생각에 잠을 이루지 못했는데 어쩌다가 잠이 들었는지 모르겠다며 발바닥을 굴렀다.

"열리는 소릴 못 들었어?"

"자기도 못 들었는데 내가 어떻게 들어? 자기가 문 쪽에 누웠잖아."

"넌 잠귀가 밝잖아."

"내가? 누가?"

진은 현관 앞에 놓인 쪽지를 살그머니 들어올렸다. 반듯하게 두 번 접은 쪽지를 펼쳐보니 A4용지 반절에 검정색 잉크로 프린트한 것이었다.

♂ 손가락 2개 or ♀ 손가락 1개 오늘 11:00 a.m.까지 문밖으로 내놓으시오.

진이 펼쳐든 종이의 내용을 거의 동시에 읽은 두 사람은 현관 앞에 놓인 칼과 구급상자를 내려다보았다.

"아주 정신병자구만."

"손가락, 우리 손가락 말이야? 응?"

"너 초등학교 안 나왔니? 무슨 뜻인지 몰라? 여기 너랑 나 말고 누가 있니."

"무슨 소리야. 손가락을 어떻게 잘라!"

"우릴 샅샅이 보고 있어. 분명해. 그렇지 않고선……"

기는 천장을 훑어보았지만, 아무것도 찾을 수 없었다. 잠깐 눈을 붙였다 깬 터라 눈꺼풀을 비비면 비빌수록 눈앞이 침침하기만 했다.

"칼, 이거 쌍둥이칼이네. 독일제. 잘 드는."

진이 말했다.

이윽고 두 사람은 칼과 구급상자를 그대로 둔 채 반대편 벽 쪽으로 옮겨 앉았다. 칼과 구급상자가 손대면 감전이라도 되는 물건인 양. **진**은 벽에 나란히 기대앉은 **기**의 숨소리를 가만 듣다가 그에게만 들릴 만큼 작은 소리로 말했다.

"좀 전에 꿈을 꿨어, 살짝 잠이 들었다가. 악몽이었어."

기는 말없이 마른기침을 내뱉었다.

"너무 끔찍했어. 깨고 보니 꿈이더라. 꿈이라 정말 다행이었어."

"지금은 뭐 같은데. 이건 꿈이 아닌 것 같아?"

"그런데 말이지, 왜 자기 손가락은 두 개고, 내 손가락은 한 개일까?"

기에게는 **진**의 물음이 이상할 정도로 기분 나쁘게 들렸다. 그래서 **기**

는 **진**의 귓바퀴를 끌어당겨 말했다.

"미친놈한테 이유 있어? 거기에 기호를 갖다 쓴 것부터가 사이코잖아."

"그런가?"

"그러니까 아무 생각도 하지 마. 아무것도."

"자기, 무섭구나."

진도 **기**의 귀에 입술을 대고 속삭였다.

08 : 39 a.m.

기는 현관 맞은편 벽, **진**은 현관과 대각선에 위치한 벽 모서리에 달라붙어 있었다. 텔레비전에서는 해외로 입양되었던 청년이 2세 남아를 버스 종점에 버린 어머니를 찾아달라고 호소했다. 청년과 아나운서가 한마디 한마디 내뱉을 때마다 주부 방청객들의 탄식이 터져나왔다.

"아침부터 짜고 있네."

진은 예전부터 남의 일이라면 차갑게 조롱하길 잘하는 **기**의 성격이 못마땅했다는 생각이 들었다. 처음 연애할 적에야 예민해 보이는 외모와 시니컬한 성격이 매력적으로 느껴졌지만. 그러다 문득 든 생각은 그런 그의 성격이 누군가의 불만을 샀을지 모른다는 것이었다. 혹시 외모에 극심한 콤플렉스가 있는 직장 후배에게 상처 주는 말을 툭툭 내뱉고 그는 잊어버렸는지 몰랐다. 언젠가는 회사 앞 찌개집 주인과 사소한 시비 끝에 플라스틱 물병을 던지며 싸운 적이 있다고 들었다. 점심을 먹다가 바퀴벌레인지 애벌레인지가 나와서 항의했더니 주인이 “아이구, 다 드셨네 뭐. 그래도 육수니까 시원하게 마저 드셔” 하고 실실 웃는 바람에 그랬다고 들었다. **진**은 자신이 아는 일이 전부는 아닐 거라 확신했다. **기**가 자신에 대해 전부 알지는 못하는 것처럼.

만약에 모든 일이 **기**의 탓으로 일어났다면 아무리 결혼할 사이라지만 억울한 일이 아닌가. 자신같이 모범적인 교사가 무슨 까닭으로 이런 일을 겪어야 하는지 **진**은 이해할 수 없었다. 이것은 두말할 필요 없이 범죄다. 납치다. 납치라면 어릴 적부터 가출을 하고, 면도날도 씹고, 조폭들한테 빚도 갖다 쓰고, 그런 사람들이나 겪는 일이 아닌가. 두 사람을 방에 가둔 자를 만난다면 **진**은 가장 먼저 왜 이랬느냐고 묻고 싶었다.

“텔레비전 소리가 듣기 싫으면 끄면 되잖아.”

진이 **기**에게 말했다. 텔레비전은 채널이 고정돼 있어 다른 방송사로 돌릴 수가 없었다.

“안 돼. 놈이 우리 얘길 엿들어. 텔레비전을 크게 틀어놔야 목소릴 못 듣는다고.”

“중요한 얘기도 없잖아.”

“뭐라는 거야.”

기의 말투는 아주 신경질적이었다.

“자기, 아까 그 쪽지 좀 줘봐.”

진은 **기**가 주워주지 않자 방구석에 떨어져 있는 쪽지를 제 손으로 집어들었다.

“봐봐. 정신 이상한 사람 아니야. 지능범이라니까. 여기 내놓으시오, 를 보라고. 문밖으로 내놓으시오. 보통 애들 보면 놓으시요, 요,

라고 많이 쓰거든. 그런데 맞춤법을 철저히 지켰어. 보통이 아냐."

"지금 시험지 채점하니."

"그게 아니라, 고학력자라는 걸 말하는 거야."

"원래 똑똑한 놈이 더 잘 미쳐."

기가 들릴락 말락 낮게 말했다.

텔레비전 속 청년의 왼쪽 눈에서 눈물이 떨어지기 시작할 때 진의 목에서도 울음이 터져나왔다. 눈물은 흐르지 않고, 그저 서럽게 흐느끼는 소리만 났다. 청년이 눈물 흘리는 모습을 보지 않았더라면 진도 울지 않았을지 몰랐다. 다가올 시간이 두려운 탓이기도 했지만, 누군가 두 사람을 감시하고 있다면, 그렇다면 우는 모습을 보고 약간의 동정심을 느껴줄지 모른다는 기대 때문이었다. 진은 울어야 했다. 그녀는 더 많이 울려고 악을 썼다. 그러자 눈물이 흐르기 시작했다.

"왜 그러니 또."

"손가락을 안 내놓으면 어쩌겠다는 소릴까?" 진은 눈가를 손등으로 문질렀다. "우리가 뭘 어쨌다고. 말을 해줘야 알지."

"가만있어봐. 아직 두 시간도 넘게 남았어."

"방법이 없잖아."

"찾아봐야지."

"아직도 못 찾았는데 무슨 수로 찾아. 누가 이러는지 알아야 방법을 찾을 텐데, 우린 누군지도 모르잖아."

"가만있어. 아직 일어난 일은 아무것도 없어."

"뭐가 없어. 자기 손가락 두 개 아니면 내 손가락 한 개를 잘라야 할 판인데."

기는 진이 자꾸 손가락 개수를 두 개, 한 개 따져서 말하는 이유를 알 수 없었다. 귀에 거슬렸다. 물론 누군가 손가락을 잘라야 살 수 있다면 남자답게 손가락을 자를 의향도 있었다. 진이 고통받는 모습을 보고 싶지 않기도 했다. 하지만 듣기 싫은 건 싫은 거였다.

"누가 자른대?"

"안 그럼 어떡해. 그렇게 하라고 적혔는데."

"자르라고만 했지, 안 자르면 어떻게 하겠다는 말은 없어."

"시키는 대로 안 했다 무슨 일을 당하려고."

"시키는 대로 다 하는 사람이 어딨니."

"그러다 죽이기라도 하면."

"사람 죽이는 일이 그렇게 쉬운 줄 알아? 토막살인도 여간 어려운 일 아니다."

"안 죽인대도 안 내보내주면 어쩌라고. 미국에서 십팔 년 동안 갇혔던 여자 몰라? 납치됐다 십팔 년 만에 나왔어, 자그마치 십팔 년."

"여기서 남의 나라 얘기는 뭐하러 해."

"손 자르면 얼마나 아플까. 피가 너무 많이 나 죽지 않을까. 손가락이 없어도 애들을 가르칠 수 있을까. 흑흑흑흑흑 흑 흑흑 흑흑흑."

"너 왜 자꾸 우니. 운다고 해결이 돼?"

"자기는 윽박지르기만 해. 울고 싶어서 우는 사람이 어딨다고."

"너는 나를 불신해. 그러니까 되는 일이 없어. 매사에 그런 식이야."

"그게 아니라, 손가락을 자르라는데 웃어? 울지 말고?"

"누가 너보고 자르래?"

"그럼 어떡하려고."

"됐다. 내 거 자르면 되잖아!"

"……"

"그럼 됐지? 됐으니까 입 좀 다물어! 사람이 쉴 수가 없다."

진은 입을 꼭 다물고, 꽃무늬 벽지를 마주보고 누웠다. 울음소리가 그치고 콧물 들이마시는 소리만 들렸다.

기는 말해놓고 뭔가 잘못됐다고 생각했다. 손가락을 자르기 싫어서가 아니라, 공평하지가 않았다. 손가락을 두 개 자르는 것보단 한 개 자르는 편이 피해가 훨씬 적지 않나 싶었다. 생각하면 할수록 확실히 그랬다. 가능한 한 공동의 피해를 줄이는 편이 효율적이지 않은가, 손가락 하나만 잘라서 해결될 일을 구태여 두 개나 잘라야 하나, 라는 의문이었다. 누가 봐도 잘못된 선택이었다.

"아, 씨발, 좆같은 새끼."

기는 **진**에게도 들리지 않을 만큼 낮은 목소리로 뇌까렸다.

09:22 a.m.

"저쪽은 분명 한 명이야."

기는 **진**의 등뒤에서 머리통에 입을 바짝 대고 말했다.

"어떻게 알아."

벽을 바라보고 누워 있던 **진**은 몸을 돌려 **기**를 마주보았다. 코끝이 닿을 만큼 가까이 달라붙자 **기**의 얼굴이 낯설게 보여 **진**은 몸을 뒤로 뺐다.

"감이 그래. 둘이 똑같이 미칠 수는 없지. 그리고 위험한 범죄일수록 단독범일 확률이 높아."

"맞아."

"손가락을 자르든 자르지 않든 놈은 문을 열고 들어오게 돼 있어. 순서가 그래."

"그래서?"

"들어오면 둘이 같이 공격하자. 이쪽은 둘이니까."

"무기도 없는데 무슨 수로 이겨? 자기 어제부터 계속 허리 아프다고 하지 않았어?"

진은 양손을 나팔처럼 만들어 입을 가리고 말했다.

"본래 독 안에 든 쥐가 무서운 법이야. 욕실 천장에 전구 있지. 몰래 떼어놨다가 그걸로 머리를 깨면 돼."

"그러네, 그럼 되겠다."

진은 입을 꼭 가리고 웃었다.

눈을 감은 **기**는 머릿속으로 영화인지 드라마인지 어디선가 남자주인공이 형광등으로 악당의 머리를 깨던 장면을 반복해서 떠올렸다. 오로지 그것만 생각하기로 했다. 그래야 했다. 전구가 깨지지 않는 일은 있을 수 없었다. **기**는 한참 있다가 **진**이 팔을 흔드는 바람에 눈을 떴다.

"저기, 내가 생각해봤는데, 전구가 너무 작아. 저쪽이 전기톱이라도 들고 있으면…… 내 생각엔……"

진이 몸을 일으켜앉았다.

"생각엔?"

"그러니까, 차라리 손가락을 자르는 편이 낫겠지 싶어."

"나보고 빨리 자르라는 얘기니?"

"그런 말이 아니라, 죽는 것보단 그게 나으니까……"

"알았다. 네가 자르라면 자르는 거지. 지금 칼 가져와. 가져오라고. 어디 얼마나 잘 드는지 보자고."

기는 **진**을 향해 소리지르다 갑자기 입을 다물었다. 문득, 그들이 칼을 가지고 있다는 사실을 깨달은 까닭이었다. 칼은 그들의 것이었다. 칼은 놈의 것이 아니었다. **기**는 칼을 두고도 전구로 머리를 깰까, 무엇으로 놈을 공격할까 끙끙거린 자신이 한심하게 느껴졌다. 방바닥에서 일어나 허공을 차며 고함지르던 **기**는 **진**의 머리를 잡아당겨 속삭였다.

"칼로 손가락만 자르란 법 없잖아."

"칼?"

"저기 쌍둥이칼, 저거."

"맞다!"

기의 말에 **진**은 박수를 치려는 듯 두 손바닥을 마주댔다 얼른 뗐다.

"자기는 정말 천재야."

진과 **기**는 텔레비전 소리를 더 키웠다. 그들은 열한시에 현관문이 열린다고 가정하고, 놈을 어떻게 공격할지 계획을 세워야 했다. **진**은 손가락을 자른 척 웅크리고 있던 **기**가 일어나 놈을 찌른다면 자신도 옆에서 공격하겠다고 말했다. 그들은 텔레비전을 던지는 편이 좋을지, 전구로 머리를 내리치는 게 좋을지, **진**의 긴 티셔츠를 벗어 목을 조르는 편이 나을지 오랫동안 상의하다가 텔레비전은 너무 무거워 **진**의 힘으로 들지 못하리란 결론을 내렸다.

"영화를 보면, 안경다리로 목을 푹 찔러 죽이기도 하던데 말야. 전구를 미리 깨놓았다 유리로 목을 그으면 어떨까, 쫙."

진이 진지하게 말했다.

"그런데 욕실에 CCTV가 있으면?"

"안 되겠지? 아, 난관이네."

현관 앞으로 간 두 사람은 손도 대지 않고 놓아둔 칼과 구급상자를 살펴보았다. 구급상자 안에는 물처럼 맑은 소독약과 빨간색 머큐로크롬과 붕대, 반창고, 지혈제, 연고 등속이 정돈돼 있었다.

"이 소독약이랑 빨간약을 눈에다 획 뿌릴까? 앞이 안 보이게."

"좋은 생각이다."

기가 **진**에게 맞장구쳤다.

"소독약을 눈에 넣는다고 장님이 되지는 않겠지? 눈이 아주 멀어버리면 좋은데."

"사람 눈이 그렇게 쉽게 멀겠어."

10 : 15 a.m.

시곗바늘이 열시를 찍고 난 뒤부터 두 사람은 침묵을 지켰다. 한껏 볼륨을 높여놓은 텔레비전만 목소리를 바꿔가며 저 혼자 웃고 떠들었다. **진**의 눈은 텔레비전 화면을 훑었지만, 머릿속으로는 언젠가 **기**와 걷다가 취객을 만난 여름밤을 떠올렸다. **기**는 만취한 청년이 욕을 하자 "너 오늘 날 잘 잡은 줄 알아", 작게 말하고 서둘러 자리를 피했다. 청년을 피해 횡단보도를 건너는 내내 **진**은 그가 뒤에서 쫓아올까 겁이 났고, 사랑하는 남자가 어쩌면 좀 비겁한 사람일지 모른다는 실망을 했었다. 그런데 열한시에 나타날 인간은 취객 정도가 아니라 살인마나 마찬가지 아닌가. **진**은 자신이 보호받을 수 있을지 알 수 없어 불안했다.

"그런데 카투사도 칼 쓰는 법 많이 배워? 베고 찌르고."

진은 **기**가 카투사로 병역을 마쳤다는 사실을 떠올렸다.

"뭐라고?"

"열한시가 얼마 안 남았는데, 너무 조용하니까 더 이상하네. 아직 목소리도 못 들어봤잖아. 설마 우리가 아는 사람일까. 그래서 일부러 안 나타나나."

"안 그래도 기운 없는데 말 많이 하지 마. 속도 비고 잠도 못 자서 아주 머리가 깨진다."

"……"

"걱정하지 마. 우리 엄마가 옛날에 점을 봤는데, 난 명이 길대. 오래 산대."

기가 일부러 작게 말하는지, 기운이 쪽 빠져 목소리가 줄어들었는지 **진**은 알 수 없었다. 그녀는 서른이 훌쩍 넘은 남자의 입에서 엄마, 라는 말이 튀어나올 때마다 달갑지 않았지만 그동안 지적하지 않고 지내왔다. 그러나 오늘은, 오늘만은 가만 놔두고 싶지 않다는 충동이 일었다.

"좋겠네. 좋겠어."

"복을 타고났지."

기의 말에 안도가 되어야 할 텐데, **진**은 반대로 불안했다. 이상할 만큼 초조했다.

"그런데 말야, 우리가 잘못 생각한 점이 있는 것 같아."

진이 말했다.

"……"

"할 수 있는 일이 있고, 안 되는 일이 있잖아."

"해보지 않고 어떻게 알아."

"느낌이 그래."

"넌 어떻게 하고 싶은데."

기는 진의 대답을 기다리다 손목시계를 내려다보았다. 삼십 분이 남았다.

"무슨 일이 벌어질까."

진이 말했다.

"괜찮아. 아직은 아무 일도 일어나지 않았어."

기가 진에게 말할 때, 어디선가 음악 소리가 낮게 깔리기 시작했다.

소리를 들은 진이 먼저 일어나 텔레비전 전원을 껐다. 두 사람은 방 안을 둥글게 돌며 현관과 천장을 살펴보았다. 전자 기타 소리가 어디에서 시작돼 어떤 경로로 들려오는지 알 수가 없었다. 자정 무렵 벽을 타고 옆집에서 넘어오는 음악처럼 작게 들려오던 소리는 점점 그 몸을 부풀려갔다.

"오지 오즈번이야." 진이 말했다. "맞는 것 같아."

"누구?"

오 분 남짓한 노래 한 곡이 끝나는 순간, 진은 숨을 멈췄다. 노래는 휴지休止 없이 다시 시작됐다. 그리고 세번째 반복됐다.

"Everybody's having fun except me. I'm the lonely one. I live in shame."

노래가 또 흘러나오기 시작하자 **진**은 듬성듬성 읊조리듯 따라 불렀다.

“I say goodbye to romance. Goodbye to friends, I tell you.”

진은 입술 밖으로 소리내면서, 공책에 노래 가사를 적고 이어폰으로 흘러나오는 노래를 따라 부르던 학창 시절을 떠올렸다.

“I guess that we'll meet, we'll meet in the end.”

이 노래의 가사를 적은 기억은 없었지만, 멜로디와 후렴구만은 많이 들어서 귀에 익은 곡이었다.

“I've been the king, I've been the clown. Now broken wings can't hold me down. I'm free again. The jester with the broken crown……”

진은 노랫말을 좀더 따라 부를 수 있을 것 같았지만, 그러지는 못했다. 세번째에는 노래를 끝까지 들을 수 없었기 때문이었다. 노랫소리는 낮게, 낮게, 더 낮게, 귓속을 간질이듯 나선을 그리며 파고들다가 어느 순간 한숨처럼 사라져버렸다.

08:57 p.m.

방은 온통 어둠이었다. 눈을 뜬 **진**은 왼팔에 닿는 체온을 느끼고, 옆을 돌아보았다. **진**은 어둠 속에서 옆에 누운 사람의 어깨를 세게 흔들었다. 어깨를 쥐고 흔들면서 자신의 손가락이 있어야 할 자리에 여전히 있다는 사실을 확인했다. 그 순간, **진**은 **기**가 영영 깨어나지 않아도 완전히 절망하지는 않을 것 같다는, 그럴지도 모르겠다는 생각을 했다.

기는 순순히 깨어났다. 정신을 차리자마자 몸을 일으켰고, **진**에게 말을 걸거나 팔을 뻗기보다 먼저 머리맡의 전기스탠드를 켰다.

진은 눈이 부셔서 잠시 눈을 감았다 떴다. 그녀에게도 너무나 익숙한 **기**의 아파트였다. 방 한쪽 구석에는 **진**이 수업을 마친 뒤 어깨에 메고 온 금색 체인 핸드백이 그대로 찌그러져 있었다. 그러나, 그럼에도 불구하고 그녀는 방안 모든 물건이 낯설게 느껴졌다.

기는 전기스탠드 옆에 얌전히 놓여 있는 손목시계를 들어, "여덟시 오십구분이네" 하고 말했다.

"우리 돌아온 거지. 아무 일 없이."

진은 몸을 일으켜 침대에 걸터앉았다. 그리고 **기**의 몸과 맞닿아 있던 왼팔을 오른 손바닥으로 쓸어내렸다.

"꿈이 아니었구나."

한참 만에야 **기**가 대답했다.

"응."

"그래. 일어난 일은 아무것도 없어."

"정말?"

"그래."

기는 그들이 여전히 살아 있고, 아무것도 달라지지 않았다는 사실을 확인하기 위해 방문을 열고 밖으로 걸어나갔다.

* 88~89쪽의 노랫말은 오지 오즈번의 〈Goodbye to Romance〉에서 인용하였고, 소설의 제목 또한 같은 곡의 노랫말에서 따왔다.

연금생활자와 그의 아들

1

무대 위에서 햄릿을 연기하다 객석에서 나를 닮은 얼굴을 보았다. 무대 위로 햄릿의 죽은 아버지가 등장한 직후였다. 좁은 객석을 짓누르는 어둠 속에서 나를 닮은 얼굴을 목도한 순간 흠칫 목덜미를 떨었고, 외줄을 타면서도 줄줄 읊을 만큼 외운 대사를 몇 번이고 놓쳐버릴 뻔했다. 어둠에 감싸인 얼굴은 흐릿해서 불명료했지만, 그것이 내 것이라는 사실만은 분명히 알았다. 꿈속에서 나를 보았을 때, 이목구비를 살피지 않고도 그게 나라는 걸, 어느 누구도 아닌 나일 수밖에 없다는 걸 자연스레 알듯이.

1막이 끝날 때까지는 객석을 바라보지 않으려 애썼다. 무대 아래 무엇이 웅크리고 있든 지금은 무대 위의 유령을 마주해야 할 시간이었다. 〈햄릿〉을 재해석한 대본이라 햄릿의 비중이 원작에 비해 훨씬 작다 해도, 광대만을 연기했던 내가 왕자 옷을 입게 된 첫 공연이었다. 개막일에 관객이 절반밖에 차지 않은 무명 극단의 공연이라도 나는 햄릿이었다.

아들아, 잘 있어라, 잘 있어. 아비를 기억해다오.

죽은 아버지의 유령이 퇴장하고 이 공연에서만큼은 실질적으로 극을 이끌어가는 광대 역의 배우가 자신의 대사를 내뱉는 동안, 나는 소리 없는 말을 주문같이 반복했다.

나는 햄릿이야. 왕자야. 여기서는 누구도 대신 왕자가 돼줄 수 없어. 정신을 차리라고.

손바닥에 밴 축축한 땀을 긴 소맷자락에 닦고, 사라진 유령에 대해 말하고 곡하고 그리고 웃었다. 막간에 객석을 훑어보았을 때는 나를 닮은 얼굴이 그야말로 무대 위 유령처럼 사라져 있었다. 그림자도 남기지 않은 채. 나는 곧 안도했고, 2막부터는 조금씩 앞자리 관객들과 눈을 맞춰가며 연기했다. 나를 닮은 얼굴이 되돌아오지 않을까 불안한 마음을 억누르려 아무도 모르게 엄지와 검지를 맞비볐다.

나는, 햄릿은 원작과 달리 어릿광대의 명령에 의해 단두대에 오른 후에야 무대에서 내려올 수 있었다. 공연이 끝난 뒤에는 햄릿이 아니라 내 목이 달아나 없어진 기분이었다. 나는 오른손을 들어올려 울대뼈를 더듬었다. 목덜미를 매만졌다. 난방시설이 부실한 극장 안에서 굳어 있던 손가락은 맥박을 읽지 못했다. 다만 살갗의 부드러움만이 내 몸이 딱딱하게 굳어버리지 않았음을 확인시켜주었다.

나는 출구 쪽에 서 있던 스태프에게 몸이 좋지 않아 구토가 날 것 같다는 말을 남기고 극장을 빠져나왔다. 가파른 계단을 타고 땅 위로 올라서자마자 1월의 밤바람이 뺨을 훔치고 지나갔다. 뺨이 딱딱하게 굳는 느낌과 함께 공연을 망쳤다는 자각이 들었다. 나를 닮은 얼굴 탓이었다. 내 얼굴이 내 공연을 망쳐버렸다고 믿기 시작하자 내가 미웠다. 소극장들이 모여 있는 뒷길을 빠져나와 버스 정류장 쪽으로 걸음을 옮겼다. 유령을 연기한 김선배가 어디 있냐고 연달아 메시지를 보내왔지만 답하지 않았다. 김선배와 대사 맞추는 연습을 지나치게 많이 했다는 생각이 들었다. 그의 창백한 낯을 보기만 해도 정말 멀미가 날 것 같았다. 헛것을 김선배가 불러오기라도 한 듯 그도 미워졌다.

정류장에서 번호를 확인하지도 않고 버스에 올라탔다. 공연장에서 세 정류장만 지나면 집이었다. 정류장을 지나는 버스 가운데 내가 사는 동네로 가지 않는 버스는 어차피 몇 개밖에 되지 않았다. 덕다운 점퍼 주머니 속 휴대폰 진동이 전해졌으나 주머니 안에서 손을 빼지 않았다. 단원들이나 연출가의 입을 통해 실패를 확인받고 싶지 않았다. 연출을 한 송은 미친 새끼, 맨날 제멋대로인 새끼, 늘 하던 욕을 되풀이할 테지만 상관없었다. 집으로 가야 했다. 버스가 다음 정류장을 지날 때 수연에게 전화를 걸어볼까 하는 생각이 스쳤지만 그만두었다. 연극이 끝났고, 지금은 혼자 있고 싶었다.

2

현관문을 열고 집안으로 들어서자 문간 등이 자동으로 불을 밝혔다. 현관을 빼놓고는 오래 비워둔 집처럼 어두웠지만 운동화를 벗고 마루 위로 오르니 오래 데워진 공기에 얼굴이 녹는 느낌이었다. 거실 등을 켜고 곧장 주방으로 향했다. 주방 건너편 안방에서 텔레비전 소리가 작게 흘러나왔다.

넓은 대리석 식탁 위는 짐작대로 텅 비어 있었다. 어머니가 계셨더라면 나물이며 조림 반찬이 깔려 있고, 가스레인지 위에도 미리 끓여 놓은 찌개냄비가 올라 있었을 것이다. 압력밥솥 뚜껑을 열면 쌀밥에서 뿌연 김이 올라와 눈앞을 가렸겠지.

점퍼를 식탁 의자 등받이에 걸쳐두고 쌀을 씻었다. 첫 공연이 주는 긴장으로 아침부터 식사를 하지 못했다. 오후에 누가 건넨 빵조각을 뜨거운 커피에 녹여먹긴 했지만, 하루 세끼 꼬박 챙겨먹던 여느 날과 달라 저녁에는 손이 떨리기까지 했다.

밥이 가장 빨리 되는 백미를 밥솥에 안치고 좀 있다가 달걀을 볼에 풀어 젓는데 등뒤에서 칙칙 슬리퍼 끄는 소리가 들렸다.

언제 왔냐.

익숙한 목소리에 이어 식탁 의자를 당기는 소리가 들렸다.

식사는 하셨어요?

나는 아버지가 밥을 해먹지 않았으리란 걸 알면서 물었다.

이제 먹어야지.

주방 시계를 흘끔 올려다봤다. 공연이 끝난 뒤니 저녁식사 때가 지나도 한참 지나 있었다. 아버지에게서 등을 돌린 채로 도마에 양파를 놓고 채 쳤다. 주방 칼이 너무 무뎌 칼질이 어려웠다. 언제고 칼을 갈아야지 갈아야지 하면서 내버려둔 지 오래였다. 어머니가 돌아가신 뒤로 칼을 간 기억이 없었다. 차라리 낡은 칼을 버리고 새 칼을 장만

하는 편이 빠를 것 같았다.

먼저 드시지 그랬어요. 기다리실 필요 없는데.

먹을 게 없는데 뭘 먹으란 말이냐.

나는 냉장실 문을 열어 작은 찌개냄비를 꺼냈다. 그밖에는 상 위에 올릴 만한 반찬이 눈에 띄지 않았다. 두 시간 거리의 신도시에 사는 누나가 다녀간 지 한 달이 되었으니 마른반찬이 떨어진 것도 당연했다. 냄비를 가스레인지 위에 올리자 진한 된장 냄새가 주방을 채웠다.

찌개를 데워 드시면 됐을 텐데. 서랍에 라면도 많고요. 짜장 라면도 있네.

나는 싱크대 서랍에 들어 있던 배달음식점 스티커를 냉동실 문에 소리나게 붙였다. 어머니는 나랑 아버지를 식성이 까다로운 사람들로 만들어놓았다. 아버지가 된장찌개를 싫어한다는 사실을 잊은 척 달궈진 냄비를 식탁 한가운데 올려놓았다. 주방 벽에 매달린 텔레비전 전원을 켰다. 막 지어진 밥을 퍼 두 사람 몫의 상을 봤다.

텔레비전 화면은 언제나처럼 요리 전문 채널에 고정되어 있었다. 사람들이 음모를 꾸미거나 울거나 그러지 않으면 악다구니를 쓰는 드라마는 질색이었다. 대학 연극반보다 못한 배우를 보며 밥알을 씹고 싶지 않았다. 전화번호를 알면 너는 네 연기에 설득당하냐고, 진짜 그러냐고 문자를 찍어 보내고 싶었다. 너 자신도 설득 못할 흉내내기로 누굴 설득할 셈이냐고.

텔레비전 볼륨은 높지 않게 맞춰져 있었다. 식탁에서 어머니의 의자가 치워진 뒤로 텔레비전이 어머니의 자리, 어머니의 목소리를 대신해주었다. 어머니도 목소리가 큰 사람은 아니었다.

오늘이 공연 첫날이었어요. 그래서 다른 배우들 식구나 친구들이 많이 왔어요. 그런다고 객석이 다 차진 않았지만.

아버지는 역시 대답이 없었다. 아버지는 내가 공연하는 극장에 온 적이 한 번도 없었다. 오늘은 아버지를 조금 비난하고 싶었기에 공연 얘기를 꺼냈다.

언제 보러 오시면 아실 텐데, 어느 왕국의 왕자 얘기예요. 아버지의 귀에 독을 넣어 죽인 숙부에게 복수를 해야 하는데 단칼에 하질 못하네요. 젊은 놈이 용기가 없다고 해야 하나…… 그게 아니라 아무래도 잃을 게 더 많기 때문이겠죠? 녀석은 왕궁을 떠나기 싫은 게으른 인간일 뿐인지 몰라요. 사느냐 죽느냐 하는 고뇌는 그저 고상한 포장지죠. 내 생각이 그렇다기보다 우리 작가랑 연출가 의견이 그렇다고요. 그래서 우리 연극에선 왕자를 단죄하기로 했어요. 광대가 왕자를 벌해요. 목을 자른다고요.

공연은 아직 한 번밖에 안 했지만, 연습하면서 수도 없이 단두대에 목을 올렸어요. 공연을 세 번 더 해야 하니까 최소한 세 번은 더 목이 잘려야겠죠? 그 생각을 하면 자꾸 멀미가 나요. 목덜미가 오그라들고. 아, 왜 공연을 네 번밖에 안 하냐면, 우리가 셰익스피어 페스티벌에 참가한 여섯 팀 중 하나라 그래요. 여섯 팀의 합동공연이죠. 이번에 반응이 좋으면 말이죠……

하지만 요리 프로그램 게스트의 웃음소리에 내 목소리가 묻혀버렸다. 아버지는 내 얘기를 듣는지 마는지 대꾸가 없었다. 아버지는 한쪽 귀가 어둡기도 했다. 식사중에 오가는 말을 잡소리라며 싫어하는 사람이었다. 된장찌개 냄비를 젓가락으로 슬쩍 밀어놓은 아버지는 참기름을 치고 쪽파를 얹은 명란젓에도 젓가락을 가져가지 않았다. 좀처럼 밥 생각이 없는 모습이었다. 온종일 밖에 나가지 않고 대문 안에서 머물렀을 테니 식욕이 없대도 이상한 일은 아니었다.

혈압 걱정에 소금 든 반찬을 안 드시는 거예요? 내일은 연습실 나가기 전에 식료품을 좀 배달시킬게요. 갈치 토막이라도 구워먹게. 한우는 값이 너무 올랐어요. 제가 바빠서 주문을 못했더니 냉장고가 비긴 했네요.

나는 달걀말이를 집어먹으며 말했다. 식비며 공과금, 때론 내 용돈까지 전부 연금생활자인 아버지의 통장에서 현금카드로 꺼내 쓰면서 내가 벌어 대는 듯 생색을 냈다. 연금생활자의 통장은 썰물과 밀물처럼 한 달을 주기로 비워졌다 채워졌다 했다. 어머니가 돌아가신 뒤 통장을 내가 맡고는 한두 번 잔고가 빈 적도 있었지만, 그후로는 별다른 문제가 생기지 않았다. 연금생활자는 많이 먹고 노는 사람이 아니기 때문이었다. 퇴직자가 가질 만한 취미도 친구도 없었다. 연금생활자의 통장은 쉽게 마르지 않았고, 달걀말이는 아직 식지 않아 맛있었다. 혈압이 심각하게 높은 아버지를 생각해서 양파를 채 썰어 넣었는데 아버지가 먹지 않으니 내가 먹어버리는 수밖에.

된장찌개가 맛이 안 나요? 그렇죠, 된장은 어머니가 끓여주시던 게 최고였는데. 어머니가 안 계시니 그런 된장은 먹고 싶어도 먹을 수가 없네요.

나를 또 비난하고 싶은 게냐? 내가 네 어미를 죽였다고?

그렇다고 말한 건 아닌데요.

아니라고?

나는 대답하지 않았다. 답하기 어려운 문제였다. 이제는 닭이 먼저냐 달걀이 먼저냐 하는 질문처럼 영원히 풀 수 없는 문제가 되어버렸다. 암이 아버지 탓은 아니지. 누구에게나 생기는 병 아니니. 내가 화를 낼 때면 누나는 그렇게 타이르곤 했지만, 아버지에게 면죄부를 주고 싶지 않았다. 내 마음이 그랬다. 아버지나 누나나 잘한 건 없었다. 나는 오 년 동안 화를 잘 내는 사람으로 살았다.

마당에는 나가보았냐. 한파가 며칠짼데 보일러가 터지진 않는지 살펴야 할 게 아니냐. 네 집이 아니라고 무관심한 게냐.

아버지 역시 비난을 즐기는 사람이었다. 그런 면에서 아버지와 나는 닮았다. 마르고 긴 얼굴에 어울리지 않는 두툼한 눈두덩이만 닮은 게 아니었다.

그런 말 마세요. 이 집이 아버지 집인 줄 모르는 사람이 어딨어요. 보일러실……은 아무 문제 없다고요.

정말 그래?

네, 멀쩡해요. 꽝꽝 얼어붙은 게 정상이에요.

뭐가 정상이냐.

겨울이잖아요. 아직 1월도 다 가지 않았어요.

빨리 겨울이 지나갔으면 좋겠구나. 날이 너무 춥다.

나는 공기에 남은 밥을 숟가락으로 박박 긁어먹고 의자에서 일어났다. 건더기가 남은 찌개냄비와 반찬이 남은 식기까지 모조리 개수대로 옮기고 수도를 틀려는데 어깨 너머에서 반쯤 쉰 목소리가 넘어왔다.

겨울이 지나면 넌 어쩔 작정이냐.

나는 수도를 세게 틀어 그릇을 닦았다. 설거지를 마치고 돌아보니 빈 의자만 있었다. 아버지가 남긴 밥그릇과 수저가 식탁 위에 반듯하게 놓여 있었다. 안방 나무문 틈으로 텔레비전 소리가 새어나왔다. 밤이 물러가도 저 소리는 멈추지 않겠지. 나는 아버지와 나의 TV디너가 끝난 것에 안도했다.

3

공연 두번째 날은 4막의 한중간에 객석에서 나를 닮은 얼굴을 보았다. 살짝 웃는 듯 찡그린 듯 알 수 없는 표정이었다. 첫 공연날만큼 놀라지는 않았지만, 내가 뱉은 긴 탄식이 햄릿의 것만은 아니었다.

나를 닮은 얼굴은 자리를 오래 지키지 않았다. 대사를 몇 마디 외우고 돌아보는 사이 환각처럼 사라져버리고, 그 자리에 수연이 있었다. 영화를 볼 때만 끼는 낯익은 뿔테안경이 객석의 어둠 속에서도 그녀의 얼굴을 알려주었다. 이 모두가 꿈은 아닐까, 악몽이 아닐까 하는 의심이 떠올랐으나 이내 오필리아의 비명소리에 떠밀려갔다. 내 꿈에 수연이 나온 적은 한 번도 없었다. 수연은 너무나 현실에 속한 사람이었다. 현실적이어서 지루한 사람이기도 했다. 이 시간이 꿈일 리 없었다. 안도한 나는 다시 오래전 왕국의 왕자가 되었다. 왕자라는 또하나의 허상 속으로 몸을 욱여넣었다.

무대에서 내려온 뒤 먼저 수연의 휴대폰으로 기다려달라는 메시지를 보냈다. 무대의상을 갈아입으면서 그녀를 마지막으로 만난 날이 언제던가 가늠해보았다. 첫눈이 쌓인 다음날 보고 크리스마스와 연말에도 서로 연락하지 않았으니 근 두 달 만이었다.

수연의 방문이 뜻밖은 아니었다. 그동안 어떻게 지냈는지 묻고 싶지도 않았다. 크리스마스이브는 누구와 보냈냐고 물을 생각은 더더욱 없었다. 수연과는 대학 졸업반 때 만나 헤어지고 만나길 반복했다. 처음 헤어졌을 때만 끝인 줄 알고 괴로웠지 똑같은 일이 반복되자 이별도 일상이 되었다. 연애에서 빼놓으면 안 될 한 과정, 무시할 수 없는 절차가. 떨어져 지내다 도로 만나게 되는 주기도 보름이었다 한 달로, 길면 두세 달로 점점 길어졌으나, 완전히 헤어지지는 못했다. 메트로놈의 추처럼 동일한 궤도를 오가는 관계가 지겹다못해 이제는 그녀가 빨리 다른 남자와 결혼해주었으면 하는 소망까지 들었다. 그러면 그녀의 이별 통고에 진심으로 울어줄 수 있을 것 같았다. 나도 슬픔다운 슬픔을 느껴볼 수 있을 것 같았다.

늦은 저녁이라도 먹으러 가자고 말을 건넸더니 수연은 별말 없이 따라왔다. 언젠가 수연이 찾아왔을 때 저녁식사 겸 반주를 나눴던 주점을 찾아 골목을 걸었고, 잘못 들어선 길을 돌아나오며 수연의 손을 쥐어 덕다운 점퍼 주머니에 끌어넣었다. 수연은 내 주머니에서 손을 꺼내지 않았다. 나는 수연보다 손이 차가운 사람을 만난 적이 없었다.

주점 안에 들어가 마주앉고서야 비로소 수연의 얼굴을 제대로 볼 수 있었다. 온종일 영하로 내려가 있던 날씨 탓인지 그녀는 화장이 뜨고 표정이 굳어 있었다. 해가 바뀔 때 혼자만 나이를 두세 살 더 먹은 사람처럼 보이기도 했다. 내가 그녀를 정말 반가워하고 있는지 모르겠다는 생각이 들었다. 다만 오늘밤 나 역시 지쳐 있고, 단잠을 자고 싶다는 사실만이 분명했다. 악몽을 꾸거나 그렇지 않으면 불면에 시

달리는 밤을 덜어내고 싶었지만, 그러기엔 겨울밤이 너무 길었다.

뜨거운 우동에 정종을 마시고, 감자고로케에 정종을 마시고, 이어서 참치다타키에 정종을 마신 다음 수연에게 말했다. 술을 마셨기에 말했는지 말하기 위해 술을 마셨는지는 나도 알 수 없었다.

오늘 우리집에 갈까.

너희 집?

수연이 입술에 댔던 술잔을 그대로 내려놓았다. 그녀도 술기운이 도는지 눈자위가 빨갰다.

그래.

그동안 집 나왔어?

아니.

아버지는?

아버지는…… 먼 데 가셨지.

여행?

오늘은 안 돌아오셔.

정말 가도 돼? 무슨 일이야. 너네 집엔 한 번도 데려간 적 없잖아.

나는 술잔을 깨끗이 비우고 일어섰다. 수연도 따라 일어나 코트를 걸쳤다. 내일은 공연이 없는 날이었다. 잠을 좀 자고 싶었다. 잠다운 잠을 못 잔 지 일주일째였다. 수연을 깊이 안고 같은 베개를 베고 누우면 나쁜 꿈을 꾸지 않을 것 같았다. 잠든 왕의 귀에 독을 넣는 동생과 자신이 남긴 왕국을 맴도는 죽은 왕과 그 왕의 아들이 나타나지 않는 긴 잠을. 수연은 꿈이라곤 없는 사람이니까.

4

수연의 감긴 눈꺼풀 위 작고 붉은 점, 내 목을 감싸안는 어김없이 차가운 손가락, 모두가 같았다. 지난해의 그녀와 같았고, 지지난해의 그녀와도 같았다. 너무 익숙해서 수십 번 돌려본 해묵은 영화의 여배우같이 느껴지기도 했다. 다 보고 들어서 돌려보고 싶지 않지만, 마땅히 볼 영화가 없을 때면 다시 찾곤 하는.

그리고 영화가 끝날 무렵 여배우가 종알거리는 대사는, 어김없이 동일했다.

우리 이렇게 같이 있을 수 없을까.

나는 매번 우리? 라고 반문하고 싶었지만 한 번도 소리내어 말한 적이 없었다.

우리 이제 같이 지내면 안 돼?

수연의 옷으로 삼면이 둘러싸인 좁디좁은 원룸에서 내 방으로 공간이 달라졌다 해도 대사는 똑같았다. 수연과 처음 헤어지기로 결정한 새벽에도 들은 말이었다.

어디서?

질문이 같으면 같은 답을 줄 수밖에 없지 않은가.

너는 그 말밖에 몰라? 우리도 이젠 애들이 아니잖아.

애들처럼 살면 안 되는 건가?

연극하는 사람들이 모두 너같이 살지는 않아. 네가 하고 싶은 일을 아주 하지 말라는 소리가 아니라.

수연은 이불 밑의 손을 내 몸으로 뻗어 옆구리를 쓰다듬었다. 아랫배로 올라오는 손바닥이 냉장실에서 꺼낸 생선 뱃살처럼 차가웠다. 소름이 돋았다. 극단 후배 정처럼 낮에는 닭을 튀기고 밤에는 맥베스로 살거나 선배 윤같이 아내의 가게 일을 도우면서 충무로로 나갈 꿈을 키우는 사람도 있지 않으냐는 소리가 이어질 차례였다. 순서가 그랬다.

수연은 나를 잘 안다고 믿겠지만 모르는 것도 많았다. 그녀를 사귀는 동안 내가 두어 달 집에서 나가 산 적이 있다는 사실도 몰랐다. 아래층에 당구장과 호프가 있는 여섯 평짜리 방에서 집들이를 하기도 싫었고, 수연의 연락이 뜸한 사이 극단 후배를 만나고 있었기에 더더욱 수연에게 알리고 싶지 않았다. 결국은 수연을 방으로 부르기도 전에 죄다 싫증이 나버려 아버지가 혼자 남아 있던 이층집으로 돌아오게 됐지만. 집에서 나가는 게 어려웠지 집으로 들어오는 건 쉬운 일이었다.

이 집으로 대출 좀 받으면 안 되나. 마당이 생각보다 넓은데 언제 지은 집이야? 방이 몇 갠가. 우리 살 집 작은 거 구하고 벌어서 갚아 나가면 안 될까?

오늘은 대화의 경로가 조금 달랐다.

이 집은 아버지 집인데.

아버지 집이니까 물어보라고 하지.

……

주택은 관리하기 힘들다던데, 팔고 아파트로 이사하는 게 낫지 않아? 둘이 살기엔 집이 너무 넓다.

그럼 네가 들어와 살든지.

아, 그건…… 이 근처로 오피스텔 하나 얻으면 어때? 이 동네 신축 오피스텔은 없어?

그녀의 목소리에는 아직 취기가 묻어 있었다. 그녀의 얼굴에도 리모컨처럼 버튼이 달렸다면 볼륨을 낮춰주고 싶었다.

집주인이 되고 나면 밥은 누구 돈으로 먹고?

같이 조금씩 벌어야지. 네 아르바이트는 내가 알아볼게.

난 조금 벌어선 못 사는데.

수연이 침대에서 몸을 일으켰다. 시선을 피하려고 나는 몸을 모로 돌렸다. 그녀를 등지고 누웠다.

너는 왜 음소거가 안 되니.

수연은 내 말을 아주 못 들은 것 같았다. 이불이 들춰져 등이 시렸다.

넌 언제까지 아버지랑 살래? 늙어 죽을 때까지? 우리 서른도 넘었어. 몰라? 독립 안 해? 생각 없어?

내가 왜 여기서 나가야 하지. 나가라는 사람도 없는 집에서 왜.

나는 이불을 끌어당겨 몸에 돌돌 말았다. 고치처럼 말았다.

아, 또 그 소리! 그만해! 아버지랑 살기 지긋지긋하다고 한 사람은 너였어!

같은 말만 하는 사람은 너야. 난 누구를 책임질 생각이 없다고 말했을 텐데.

넌 어떻게 받기만 하고 줄 생각을 안 하니! 난 어떡하라고!

수연이 내 등을 세게 밀어 침대에서 굴러떨어질 뻔했다. 손이 아니라 발바닥으로 찬 것 같았다. 살면서 이런 모욕은 당해보지 않았는데. 아버지가 없는 집에 여자를 데려오다니 실수였다. 내가 나빴다. 이곳은 수연에게 어울리는 장소가 아니었다. 수연은 이 집에 걸맞은 사람이 아니었다.

나는 침대 등을 켜고 일어나 트렁크스와 라운드 티셔츠를 찾았다. 수연은 이미 청바지에 다리를 꿰어넣고 있었다. 알몸을 보여준 적 없는 여자처럼 브래지어만 걸친 등을 돌린 채 서둘러 옷을 입는 중이었다.

네가 대체 뭘 줬는데?

뭐라고?

수연이 획 돌아서자 흐린 조명에 비친 낯이 돌연 나를 닮은 얼굴처럼 보였다. 그러나 이내 수십 번도 더 보았던 일그러진 얼굴, 눈가가 젖은 얼굴로 바뀌었다.

너도 나가서 아버지 같은 사람을 찾아보라고.

이 말은 한 번도 꺼낸 적이 없는 말이었다.

넌 개새끼야.

수연은 가방과 코트를 한데 움켜쥐고 방문을 열었다. 닫히지 않은 방문 너머로 탁탁, 탁탁, 일층으로 내려가는 나무계단 밟는 소리가 들려왔다.

수연아 넌 왜 이렇게 요구가 많니. 어머니는, 아버지도, 아무것도 요구하지 않았는데.

나는 침대 등을 끄고 베개에 머리를 파묻었다. 오늘은 꿈 없는 잠을 자고 싶었는데, 글러버린 모양이었다. 수연은 몇 달 뒤 기억이 다 날아갔다는 듯 또 나를 찾을까. 이번에는 진심으로 그러지 말았으면 좋겠다는 생각이 들었다. 어쩌면 그녀와 완전히 헤어지기 위해 내가 사는 집으로 데려왔는지 모르겠다는 생각도 들었다.

그녀도, 이런 밤도 모두 마지막이기를 바랐다.

5

마지막 공연일인 네번째 날에는 좀처럼 나를 닮은 얼굴이 보이지 않았다. 그러다 5막이 끝날 무렵, 내가 단두대에 오르기 직전에야 객석 맨 뒷줄에서 찾을 수 있었다. 나를 닮은 얼굴이 맞았다. 오늘 연극을 하는 내내 어딘가 불안했던 까닭을 그때서야 깨달을 수 있었다. 나타날 때가 되었는데 왜 안 나타나나, 어제는 3막 1장에 나타났는데 오늘은 왜 안 오나, 안 나타나다니 불길한 징조가 아닌가, 그런 생각이 토막토막 스쳐갔었다.

입을 꼭 다물고 객석에 있는 그 얼굴을 유심히 살필 여유는 없었지만, 오늘은 어쩐지 기분이 좋아 보였다. 고개를 갸우뚱 기울이고 극을 감상하는 모습이 제법 진지해 보이기까지 했다.

나는 내가 아니라 햄릿이 되어 흐느꼈고, 마지막 대사를 외쳤다. 첫 공연처럼 망친 기분은 아니라 무대에서 내려올 때 다리가 가벼웠다. 햄릿의 나날이 끝났으니 오랜만에 깊은 잠을 잘 수 있을지 몰랐다. 마지막 공연을 마쳤다는 안도감에 기대어. 관람을 마치고 몰려나가는 관객들 사이에 짐작처럼 나를 닮은 뒷모습은 보이지 않았다.

오늘은 밤이 깊도록 극단 사람들과 밥을 먹고 술을 마셔야 했다. 그저께 후배들 앞에서 내게 욕을 퍼부었던 연출가 송이 오늘은 사랑한다고 말했다. 술자리 중간에 나는 두 번이나 가게 밖으로 나가 전화를 받았다. 수연은 아니었다.

아버지는 여태 연락이 안 되니? 어딜 가셨다고 했지? 휴대폰도 안 받는 건 무슨 경우야?

누나는 왜 같은 말을 자꾸 하는지 알 수 없었다. 매형이 자정 넘도록 퇴근을 안 했나. 아버지는 친목회에서 눈구경을 갔다고 했는데 왜 내 말을 안 듣나. 길가에 덜 녹은 눈이 얼어붙어 네온사인 불빛에 빛났다. 꼬리가 얼어 땅에 떨어진 유성처럼. 가게문 밖은 한데라 휴대폰을 쥔 손이 시렸지만, 눈이 얼마간 더 있다 녹았으면 싶었다.

휴대폰을 두고 가셨다고 했잖아.

무슨 일이라도 생기면 어쩌려고.

무슨 일은, 무슨 일이 생겨. 지진이라도 날까봐?

그래서 언제 오신다고?

나도 바빠. 때가 되면 오시겠지.

누나는 할말을 실컷 하고도 전화를 끊으려 하지 않았다. 고등학교 진학을 앞둔 큰조카의 학원비에 대해 얘기했고, 중학교에 다니는 작은조카가 어떤 거짓말을 했는지에 대해서도 얘기하고 싶어했다. 아이를 가져본 적 없고 앞으로도 가질 생각 없는 사람에게 상의를 해서 무얼 얻을 수 있다고. 누나는 아버지가 궁금해서가 아니라 아이들에 대한 얘기를 할 사람이 필요해 전화 건 것 같았다.

누나는 그런 식이었다. 나는 누나가 무엇을 걱정하는지 알았다. 누나는 아버지가 치매에 걸리는 것보다는 눈구경을 갔다 돌아오지 않는 편이 낫다고 생각할 사람이었다. 아버지가 영영 돌아오지 않으면 이층집을 이단 케이크처럼 잘라 누나와 나누어야 할까. 딸기와 청포도 알이 얹힌 생일 케이크를 조심조심 잘라먹던 어린 시절처럼 벽에 금이 가지 않게 집과 마당을 갈라 나눠야 할까.

새벽에 해장국을 먹으러 가자는 일행들을 뿌리치고 집으로 돌아와 보니 주방에 전등이 밝혀져 있었다. 아버지였다. 구석에 약통만 올려져 있는 텅 빈 식탁 앞에 아버지가 혼자 앉아 있었다. 졸고 있나 했더니 눈을 반쯤 뜨고 있었다.

오셨어요.

술을 좀 깨야겠다는 생각에 정수기에서 냉수를 한 컵 받아 마셨다. 차가운 물이 식도를 따라 내려가자 흠칫 목덜미가 떨렸다.

저녁은 드셨어요?

안 먹었다.

그럼 왜 이러고 앉아 계세요. 주무시든지 뭘 찾아 드시죠.

나는 낡아서 뚜껑이 건들거리는 김치냉장고를 열어 양파즙이 든 비닐 팩을 꺼냈다.

어제 배달받았어요. 무안 양파로 만든 양파즙이라는데 혈압에 효과가 있을지 모르겠어요. 이거라도 드세요.

이게 다 무슨 소용이냐.

몸 생각은 안 하기로 하셨어요?

소용없다는 걸 모른단 말이냐.

모르긴 뭘 몰라요? 어머니처럼 갑자기 쓰러지려고 그러세요?

나를 또 비난하고 싶은 게냐? 내가 네 어미를 죽였다고?

제가요?

죽은 사람을 어쩌겠냐. 죽었으면 죽었다고 인정을 해라.

누가 모른대요?

넌 왜 인정을 못해.

나도 안다고요. 하지만 아버지가 잘했단 말은 못하실 텐데요.

나는 그때껏 쥐고 있던 비닐 팩을 식탁 위에 던져놓았다.

너 그러면, 아비가 죽고 나면 누굴 탓할 작정이냐? 응?

아버지의 눈이 빨갰다. 못 볼 걸 보았다는 듯 흘겨보던 수연의 눈처럼 빨갰다.

죽는다는 말은 하지 마세요. 그런다고 누가 무서워할 줄 알아요? 예?

맞다. 무서울 일이 뭐 있겠냐. 죽음이 지금 오면 다음엔 오지 않고, 지금 오지 않는다면 다음에 오겠지.

술자리를 정리할 때 목구멍에 급하게 털어넣은 소주 탓인지 술이 깨기는커녕 뱃속을 누가 쇠 국자로 휘저어대는 듯 울렁거렸다. 아버지와 대화를 하면 할수록 속이 메스꺼워 견디기 어려웠다. 나는 주방 바로 옆 욕실로 뛰어들어가 세면대에 구토를 했다. 술과 섞어 먹은 것이 빨리 올라오지 않아 검지를 목구멍 깊이 찔러넣었다. 헛구역질하는 내 등을 누가 손바닥으로 서너 차례 두드려주었다. 손바닥이 등에 세게 부딪치면서 벌건 토사물이 입 밖으로 쏟아져나오기 시작했다.

죽음이 지금 오면 다음엔 오지 않고…… 지금 오지 않는다면 다음에 오겠지…… 죽음이……

나는 숨을 참고, 완전히 삭아 내려가지 못한 고기와 밥 찌꺼기를 죄다 쏟아냈다. 위장 밑바닥 물기를 다 짜낼 때까지 토악질하는 동안 단두대에 목이 잘려나가는 몸뚱이처럼 숨이 막히고 사지가 떨렸다.

나는 장님처럼 더듬더듬 수도를 틀어 입속을 헹구고 젖은 손으로 얼굴을 문질렀다. 세면대 모서리를 움켜쥐고 등을 굽힌 채 사각거울을 올려다보니 피가 몰려 검붉어진 얼굴이 마주보고 있었다. 나는 거울에 비친 내 얼굴을 물끄러미 보다 몸을 돌렸다.

아버지.

흰 타일 벽에 등을 대고 서 있는 아버지, 조금 전 손바닥으로 내 등을 두드려주었던 아버지에게 물었다.

햄릿의 대사를 어떻게 아셨어요?

빨간 눈의 아버지는 대답을 바로 하지 않았다. 반갑지 않은 졸음을 쫓으려는 듯, 어려운 문제를 고심하는 듯 머리를 갸우뚱 기울인 채로.

죽음이 지금 오면 다음엔…… 어디서 들으셨어요? 네? 말 좀 해봐요, 아버지.

그걸 왜 나한테 묻냐.

빨리 말해요.

네가 말해놓고.

언제요.

햄릿이 너 아니었냐?

아버진 공연에 온 적이 없어요.

내가 극장에 가지 않았다고 비난하고 싶어 그러냐. 그럼 공연날마다 네가 봤던 사람이 누구란 말이냐. 나는 한 번도 빼놓지 않고 공연장에 가 있었는데.

아버지는 콧물을 들이마시듯 코를 훌쩍였다. 내 습관과 같았다.

아니에요. 난 아버지를 본 적이 없어요.

네가 누굴 봤다고 믿는 거냐.

아버지는 연극을 싫어하시잖아요.

보일러실보단 극장이 따듯하더구나.

아니에요. 아니에요. 아버지가 아니에요. 그런 말 마세요.

생각보단 연기가 괜찮았어.

나는 양 손바닥으로 귀를 막고 돌아섰다. 거울 안에 가장 익숙한 얼굴이 들어 있었다. 그래, 나였어. 내가 아니면 누구라고.

얼굴은 그러나 손바닥을 귀에서 떼는 순간 미묘하게 균형을 잃어가기 시작했다. 얼굴은 객석에서 보았던 나를 닮은 얼굴로 바뀌었다가, 이내 뺨이 패고, 입꼬리가 아래로 흘러내렸다. 육십 촉 백열등 아래 흐릿한 이목구비가 일그러졌다. 거울 속 얼굴이 누굴 닮아가리라는 예감이 목구멍 안쪽을 차갑게 훑어내려갔다. 나는 어금니를 앙다물었다.

얼음처럼 투명한 거울 속 얼굴이 나를 빤히 쳐다봤다. 더는 부정할 도리가 없다고, 연극이 끝났다고, 속삭였다. 복화술사처럼 움직이지 않는 입술로 말했다. 나를 닮았다고 믿었던 얼굴, 나를 지켜보았던 객석의 얼굴이. 그 얼굴은 실상 내 얼굴이 아니라 말 그대로 나와 닮은 얼굴, 타인의 얼굴이었던 것이다.

나를 가장 닮은 남자의 얼굴.

나는 망친 그림을 들여다보는 아이의 심정으로 거울을 응시했다. 늙어 지친 아버지의 얼굴을 물끄러미 바라보았다. 그 시선이 불편했던지 거울 속 얼굴은 얼마 지나지 않아 사라져버리고 우는 듯 웃는 듯한 내 얼굴로 바뀌어 있었다. 뒤돌아보지 않아도 등뒤에, 더는 아버지가 서 있지 않으리라는 걸 알았다. 거울 속에도 욕실 안에도 아버지가 없으리라는 걸.

언제까지 날 버려둘 작정이냐. 겨울도 곧 지나갈 텐데.

아버지가 만약 가지 않고 있었다면 그런 말을 하고 싶었겠지.

이제는 진짜 연극을 끝내야 할 때가 왔다는 생각이 들었다. 〈햄릿〉의 막을 내린 것처럼 아버지와 나의 연극도 끝내야 했다. 관객을 내보내고 극장 문을 잠그고 밖으로 나가야 할 시간이었다.

나는 아직 물기가 마르지 않은 얼굴을 마른 수건으로 훔치며 누나에게 전화를 걸지 구급차를 먼저 부를지 고민했다. 죽어가는 사람이 아니라 이미 죽은 사람이라도 구급차에 실을 수 있는지, 아버지가 등 뒤에 있다면 물어보았을 텐데.

내일, 아니면 모레는 자신이 남긴 왕국을 맴도는 죽은 왕과 그 왕의 아들이 나타나지 않는 잠을 잘 수 있을지 모르겠다는 생각이 들었다. 하지만 나는 허튼 꿈속에서라도, 죽은 아버지를 기다리는 햄릿의 마음으로 아버지가 나타나주기를 한 번은 더 기다려보고 싶었다.

난장이의 죽음에,
나는 잘못이 없다

난장이의 일에 나는 책임이 없다. 그냥 하는 말이 아니라, 변명이 아니라, 사실이 그렇다. 그의 죽음에 관해서라면 할말이 없다. 왜 나에게 묻는가. 물어볼 사람은 내가 아니라 난장이의 식구들이다. 안된 일이지만, 그 집 일은 그 집 식구들에게 묻는 게 이치에 맞지 않는가.

내가 어제도 말하지 않았나. 왜 같은 말을 반복하게 만드나. 누가 나에게 물어보라고 했는지, 그가 누군지, 이름부터 대보라.

아침부터 머리가 흔들린다. 새벽 다섯시 못 돼서 창밖에서 무슨 짐 끄는 소리가 나서 깼더니, 골속에 새가 들어앉아 쪼아댔다. 경비는 뭘 하는가. 주민들이 잠이라도 편히 자게 안 지키고 뭐하나. 봉급 받고 하는 일이 뭔가. 엊그제도 어디서 호각 소리가 나서 새벽잠을 설쳤다. 내 잠은 어디서 보상받나. 나는 관리비 한 번 연체한 적이 없는데, 그들은 왜 의무를 소홀히 하나. 세상에 거저먹는 일이 있는 줄 아는가.

나는 난장이를 모른다. 그의 볼품없는 생김새와 성이 김씨라는 사실밖에는 아는 것이 없다. 내가 꼬박꼬박 내는 관리비로 그가 먹고살았다는 사실 말고는 모른다. 그에게 지병이 있었는지, 자식을 몇이나 두었는지, 어느 집구석에 살았는지, 알 게 뭔가. 난장이는 내 친구도 아니고 일가붙이도 아닌데, 알 턱이 없지 않은가. 내가 어제도 말하지 않았나.

어제 왔던 사람이 아니라고?

당신이 어제 왔던 사람이든 아니든 상관없다. 모두가 한통속이다. 어디서 왔든 내 집 문을 두드려댄다면 파출소에 신고를 하겠다. 동 출입구를 열어준 적도 없는데, 무슨 수로 강도같이 현관 앞까지 기어올라와 초인종을 눌러대는지 모르겠다. 관리소장에게 전화를 넣어 일을 똑똑히 하라고 주의를 줘야겠다. 내가 늙은이라고 우습게 봐서 이러는가. 늙은이라고 다 같은 늙은이가 아니다. 남의 권리를 침해하는 작자들을 더는 봐주지 않겠다. 현관문의 소유권은 엄연히 나에게 있다.

그런데 난장이는 무슨 일로 죽었나.

도리어 내가 묻고 싶은 말이다. 난장이가 아파트 꼭대기로 올라가 뛰어내린 이유가 뭔가. 혹여 우리 동 집값만 떨어지면 어디서 보상을 받나. 옥상을 경비해야 할 경비가 하라는 경비는 안 하고 옥상에서 뛰어내리다니 책임감도 양심도 없다. 난장이에게 병원비가 감당 안 되는 병이나, 아니면 우울증이 있었나? 가장이 그 지경이 되도록 그의 가족들은 무얼 했나.

문밖의 남자는 묻는 말엔 대답도 않고, 초인종만 눌러댔다. 내가 묻는 소리가 종소리에 묻혀버렸는가. 좌우지간, 젊은 것들은 저렇게 저

할말만 하고서 남의 말은 들을 생각도 않는다. 들을 마음도 없으면서 뭘 자꾸 묻겠다고 두드리는지. 그러면서 우리한테는 자기들 말에 귀 기울이지 않는다고 불평하고 비난한다. 매사에 그런 식이다. 귓구멍이 막히고 입만 산 건 저들이지 우리가 아니다.

초인종 소리와 뒤섞인 문 두드리는 소리에 손바닥으로 양쪽 귀를 막고 서 있었다. 귀를 꼭 막았는데도 무례한 소음들이 귓전을 와글와글 울려대 눈을 질끈 감았다. 순간, 눈꺼풀 안쪽으로 노란 빛줄기가 꼬리를 그으며 왼편에서 오른편으로 흘러내렸다. 홀로 죽어 밤하늘에서 굴러떨어지는 별처럼, 귓가를 울리다 잦아드는 건반 소리처럼. 감았던 눈을 실눈으로 뜨고 보니 문간이 고요했다. 비로소 내가 사는 집 같았다.

나는 살그머니 현관문에 귀를 갖다 댔다. 귓바퀴를 철제문에 대는 순간 한기가 올라와 귓속이 시리고 뒷골이 쑤셔댔다. 문밖에서 발소리가 들리지 않았다. 문에 달린 렌즈는 오래전에 경비를 시켜 때워두었기에 거실로 돌아와 비디오폰으로 밖을 내다보았다. 더는 머리통이 보이지 않았다. 불청객이 돌아갔는가. 우리 동 출입구 쪽을 살펴보려고 베란다로 나갔다. 애를 데리고 어린이집 봉고차를 기다리는 애엄마 둘만 눈에 띄었다. 아이 키우는 여자가 차림새가 저 꼴이 뭔가. 이불 밑에서 바로 기어나온 모양새다. 아무리 집 앞이라도 저래서야 아이가 뭘 보고 배울까. 나는 퇴직하는 그날까지 매일 새벽밥을 안쳐서 식구에게 해먹이고, 그러고도 싹 다림질한 옷차림으로 학교에 나갔다. 우리 애들이 학교 다닐 적엔 애들이 들고 나갈 도시락 가방을 현관에 미리 챙겨놓고 출근을 했다. 도시락도 안 싸는 세상에 여편네들이 무슨 일이 그리 많다고 교양 없이 쓰레빠짝으로 대문밖을 나오기를 나오나.

초인종 소리가 멎으니 머릿속이 덜걱대는 게 좀 덜했다. 어린이집 차가 도착도 안 한 아침부터 남의 집 초인종을 수십 차례 눌러대는 몰상식한 인간이 신문사에서 밥을 빌어먹고 산다니 말이 안 되는 일이다. 어려운 시험 치고 들어가서 헛짓거리만 하고 돌아다니니 제 부모가 알면 뭐라 한탄할지 궁금하다. 일반 시민이 사는 집에 무단으로 쳐들어올 생각을 하다니 우리나라는 아직 멀었다. 나는 인권을 하찮게 여기는 이 나라가 싫다. 사람답게 살 데가 되려면 멀었다.

머리가 더 시큰거리기 전에 서둘러 커피를 끓여야 했다. 여덟시 삼십오분이다. 아침 일곱시부터 아침밥을 먹으며 조간신문을 읽고, 늦어도 여덟시면 커피를 내려야 하는데, 아침 커피가 많이 늦었다. 시간이 어그러졌다. 나는 부엌으로 들어가 갈아둔 커피를 꺼내고, 거름종이를 접어 사기 드리퍼 위에 올렸다. 정수기 옆자리에 며느리가 생일 선물로 부친 커피 기계가 있지만, 청소하기가 번거로워 손으로 커피를 내려 마셨다. 커피를 내리자마자 바로 도구를 닦아두는 편이 덜 번잡하고 깨끗해서 좋았다. 기계에 물때와 먼지가 끼는 꼴은 봐줄 수가 없었다. 전기 주전자의 전원을 켜자 얼마 있다 익숙한 소리가 음악같이 보글보글 끓어올랐다. 싱크대 선반 위의 트랜지스터라디오를 켜고 주전자 전원을 내렸다. 물 끓는 소리가 잦아드는 것과 맞물려 고전음악이 부엌 안으로 흘러내렸다. 커피 냄새가 진해질수록 아침나절 내내 들뛰던 마음이 내려앉았다. 축 젖어 드리퍼에 달라붙은 거름종이처럼 찰싹 가라앉았다. 그때서야 오래된 우리집 같았다. 어제와 같은,

그제와 같은, 지난주와 같은 오늘. 누구에게도 방해받지 않는, 반듯하게 다린 손수건 같은 일상.

드리퍼를 헹궈 건조대에 엎어놓고 식탁 앞에 앉았다. 커피 향을 맡으며 한 모금 천천히 목구멍으로 넘겼다. 뜨거운 것을 급하게 마시면 식도암에 걸릴 위험이 높다는 글을 신문에서 읽었다. 커피에 설탕을 타는 사람은 커피맛을 모르는 사람이라고들 하지만, 나는 황설탕 통을 집어 커피에 설탕 가루를 넣었다. 지금은 보는 사람이 없으니 괜찮았다. 현악 사중주곡이 멈추고, 라디오 아나운서가 다음 곡명을 알려주었다. 베토벤 피아노 소나타 8번 C단조 작품번호 13 〈비창〉 중 2악장 아다지오 칸타빌레……

아다지오 칸타빌레. 설탕 넣은 커피를 티스푼으로 느리게 저었다. 나는 베토벤이 좋았다. 그의 음악보다도 불우한 운명을 불굴의 의지로 극복해나간 인생이 더 아름다웠다. 나는 언제나 의지가 강한 사람들에게 이끌렸다. 제 운명을 탓하고, 불만만 토로하는 자들이라면 경멸스러웠다. 세상은 나약한 인간들이 아니라 의지를 가지고 나아가는 사람들이 이루어내는 거였다. 나머지는? 나머지는 세상에 있으나 마나 한 들러리들이었다. 기억하지 못할 작곡가들이 수만 명인들 무얼 하겠나. 그들 모두와 베토벤 한 사람을 바꾸겠느냐고 하면 누가 고개를 끄덕일까.

일흔세 살은 피아노를 처음 배우기에 늦은 나이이지만, 음악을 듣기에 늦은 나이는 아닐 것이다. 내가 고전음악 수업을 들으러 다니기 시작한 지는 두어 달 정도가 되었다. 지난해 여름부터 듣고 있는 월요일 문학 수업에다 목요일 고전음악 수업까지 다니려니 이번 봄은 마음이 바빴다. 사십 년 가까이 가정 선생으로 산 사람이 전직 음악 선생의 지도를 받으려니, 처음에는 자존심이 상하는 기분도 들었지만 쓸데없는 자존심은 곧 버렸다. 젊을 적부터 팔자 좋게 음악을 들어온 여자들을 쫓아가려면 몇 해가 걸릴지 알 수 없기 때문이었다. 그래도 귀가 먹기 전까지 매주 수업을 따라가면 어디 가서 음악 들을 줄 모른다는 무시는 당하지 않으리라. 대학 때 학교 오케스트라 동아리에서 바이올린을 켰다는 사위와 대화를 나눌 수도 있을 것이다. 음대에 진학할 계획이라는 외손녀가 음악회를 열게 되면 귀기울여 듣고 감상을 들려줄 수 있을 것이다. 언젠가는 그런 날도 올 것이다.

커피를 한 모금 더 목구멍으로 넘겼다. 하루에 커피 한두 잔 정도는 괜찮다고, 영미가 말했다. 엄마는 편두통이 있어서 커피가 당기는가보다, 했다. 딸 영미는 멀리 살아도 전화를 걸어와 내 건강을 챙겼다. 영준이, 우리 이박사도 한두 달에 한 번은 들러 집 안팎을 살펴주고 갔다. 그때마다 경비실에 들러 말을 넣고 돌아갔다. 내가 사는 층은 수시로 살펴보고, 과일같이 무거운 택배가 경비실에 맡겨지면 문 앞까지 좀 날라드리라고 했다. 아들이 그러지 않았다면 자식 없이 혼자 사는 늙은이인가 하고 경비들이 막 대했을 게 틀림없다. 사람이라고 다 같은 사람이 아닌데, 내려다보았을 게 분명했다. 불현듯, 멋대가리 없는 전화벨 소리가 음악 소리를 끊어냈다. 나는 찻잔을 식탁 위에 버려두고, 거실 탁자 앞으로 종종걸음 쳤다. 영미인가 싶었다. 이 시간에 전화를 걸 사람은 영미 말고 없었다.

“안희남씨를 아십니까?” 모르는 목소리였다. “전에 경비원으로 근무하셨던.” 처음엔 남자이기에 혹 영준이인가 했는데, 영준이가 아니었다. 먼저 제 성명을 고하지 않고, 인사 한마디 없이 누구를 아느냐고 묻기부터 했다. 이런 몰상식한 경우는 생전 처음이었다.

"안 뭐요? 근데 누구시죠?" 전화기에 대고 입술을 떼자 늙은 여자의 것이라기엔 여전히 카랑카랑한 목소리가 흘러나왔다. 내 목소리인데도 익숙하게 들리지가 않았다. 나는 배에 힘을 주어 내뱉었다. "여기가 어딘 줄 알고 전화하셨지요?"

"할머님, 어젯밤에 들렀던 기잡니다. 그 동에서 일하셨던 안희남씨와 통화가 됐는데요. 안희남씨 말씀으로는……"

나는 수화기를 내려놓고 도로 식탁 앞으로 돌아왔다. 의자를 바짝 끌어당겨 앉았다. 당연히 미국 땅에서 걸려온 전화인 줄 알았다가 놀림을 당한 기분이었다. 볼에 찻주전자의 김이 닿은 것처럼 안면이 후끈했다. 영미네는…… 너무 멀었다. 2011년도 7월에 영미를 보고 그동안 못 보았다. 올여름에는 서울에 잠깐 들어올 수 있을지 모른대서 이달 말 28일에 도배를 하기로 했다. 지물포에 가서 실크 벽지를 봐두었다. 영미가 못 들르고 바로 중국으로 갈 수도 있다지만, 도배를 해두어서 나쁠 일은 없었다. 2011년도에 손님방과 거실만 새로 도배를 하고 그간 안 했으니 꽤 되기도 했다.

멀긴 멀어도 영미네가 미국에 남기로 결정한 건 잘한 일이었다. 영미를 힘들게 공부시킨 보람이 있었다. 애들 아버지는 고루한 사람이라 늦게 둔 딸을 유학 보내는 데 반대했지만, 나는 생각이 달랐다. 조실부모하고 고학으로 사범대를 나온 나는 공부를 더 하지 못해 한이 많았다. 영미는 내가 기대한 만큼 다 따라주었다. 내 딸이라서가 아니라 남의 땅에서 여자 몸으로 직장 잡고 일한다는 게 보통 일은 아닐 거다. 평생 선생질을 해서 돈을 벌어온 내가 안다. 박사 공부를 마친 사위도 지지난해 대학교에 취직을 해 걱정을 덜었다. 나는 교수 사위를, 그것도 미국 대학 교수 사위를 둔 여자다. 여중에서 교편을 잡을 적엔 머리 큰 아이들을 가르치는 여교수가 그렇게 좋아 보이고, 우리 애들도 교수로 만들고 싶었다. 영준이와 영미가 교수가 되진 않았지만, 영준이도 박사를 마치고 일류 직장을 잡았다. 진급도 착착 했다. 거기다가 약사 며느리까지 두었으니 나는 성공한 인생이다. 우리 집안은 박사가 두 명에 석사가 한 명이 되었다. 암 투병을 오래 하다 내가 퇴직하던 해 말에 세상을 떠난 남편이 안 죽고 살았더라면, 얼마나 보람이 있었을까. 그러나 죽었어도 여한은 없겠지. 이렇게 되기까지 우리 내외가 들인 노력과 인내가 얼마인지 게으른 자들은 모른다. 꿈없이 하루 벌어 하루 사는 종자들은 모른다. 술 처먹고 하고 싶은 짓 다 하고 살다가 중늙은이 되어서 경비나 서는 인간들은 모른다. 멀리 사는 딸을 자주 보지 못하면 뭐가 어떤가. 장가든 자식을 길 건너 아파트에 끼고 살면서 그 한 가지로 자랑하는 802호 여자를 보면 비웃음밖에 안 나온다. 시대에 뒤떨어진, 물정 모르는 할망구다.

그 짧은 사이 커피가 식어버렸다. 커피를 새로 만들까 하다가 그만두었다. 내 아침을 망쳐놓은 자들을 용서할 수가 없었다. 어젯밤 무례하게 아홉시도 넘어 찾아온, 듣도 보도 못한 신문사의 기자에게 화가 났다. 쇠귀에 경 읽기로 말을 안 들어먹다 그만둔 몇 년 전 경비에 관해 내가 전화 받아야 할 이유가 뭔가. 나에겐 커피를 마신 다음 마저 읽어야 할 책이 있었다. 오늘 아침 우리집 초인종을 눌러댄 기자에게도 화가 났다. 우리 동 옥상에서 뛰어내려 분란을 일으킨 난장이에게도 화가 났다. 사람이 그렇게 쉽게 죽다니 죽는 것도 잠깐이죠? 어제 의류 수거함 앞에서 부딪친 위층 애기 엄마가 말했다. 월요일인 오늘은 저녁에 문학 수업을 들으러 가야 하는 날이었다. 외출 전에는 아파트 상가 세탁소에 나가 스카프와 트렌치코트를 찾아와야 했다. 마음이 바빴다. 그날 무슨 일이 있었을까요? 위층 여자는 아주 궁금해죽겠다는 얼굴이었다. 왜 다들 나에게 묻나. 왜 내가 나와 상관없는 인간들 때문에 방해를 받아야 하는가. 기자 나부랭이가 지껄인, 몇 년 전에 일했던 경비가 안씨던가. 안희…… 그들의 성이 무엇이건 제 할 일만 했으면 되지 않았나. 물론 대부분이 그걸 제대로 안 해 문제다.

저들이 말을 꺼냈으니 말이지만, 안씨로 말할 것 같으면 처음부터 우리 아파트에 두어선 안 될 인물이었다. 경비가 무슨 옛날 동네 이방이라도 되는 줄 아는 작자였다. 늙은이 말이라고 허투루 들었다. 잘못된 일을 일일이 지적해주면 고맙게 들어먹을 일이지, 존댓말도 아니고 반말도 아닌 어중간한 대꾸로 넘어가려던 능구렁이였다. 한두 번은 넘어가다 더는 못 참겠고, 또 참을 이유가 없어 관리소장에게 전화를 넣었었다. 내게 봉급 주는 사람이 아닌 이상 참을 까닭이 어디 있단 말인가. 말은 해야 맛이고, 고기는 씹어야 맛이라고 했다. 부녀회장은 바로 통화가 안 되어 전화를 여러 차례 걸어야 했다. 집전화도 휴대폰도 안 받아서 아주 조바심이 났던 기억이 있다. 혼쭐이 나고 나서야 사람을 알아보았는지 안씨는 그뒤부터 내 눈치를 보았지만, 사리 분별을 못해 어떻게 고쳐줄 방법이 없었다. 그 인간은 급기야 비좁은 경비실 안에서 가스버너에 양은냄비를 올려놓고 김치찌개를 끓이기까지 했다. 경비실 안에 쌓여 있던 택배 박스 중 하나를 골라 들고 나가려는데, 다른 동 경비도 안으로 들어섰다. 경비실이 잔칫집이라도 되는지 이 사람 저 사람 불러댄 모양이었다. 경비실이 애들 놀이터인가 경로당인가. 그러라고 내 피 같은 돈을 관리비로 냈나. 집안으로 들어오자마자 이잡듯 살펴보았더니 걸치고 나간 캐시미어 카디건 자락이며 책이 든 종이 박스에 돼지 누린내가 배어버렸다. 머리 오른쪽으로 쥐가 오르듯 찌릿했다. 점심시간이라고 교실에서 찌개를 끓이는 선생이 있단 말 들어보았나? 아무리 목구멍이 포도청이라지만, 일터에서 찌개를 끓여먹는다는 발상은 똥구멍에서 나왔는지 어디서 나왔는지 아주 소름이 끼쳤다. 아무데서나 먹어대면 그게 짐승이지 사람인가 말이다. 약장에서 두통약을 한 알 꺼내 물도 없이 씹어 삼켰다. 나는 그런 꼴을 보려고 이 아파트에 들어온 게 아니었다. 십 년 넣은 적금을 털어 분양권을 산 게 아니었다. 상것들! 본데없는 것들!

계절이 바뀔 무렵, 안씨는 더이상 보이지 않았다. 경비 일을 그만두었다고 했다. 하나를 보면 열을 안다고, 진득하게 붙어 있을 인간이 못 되었다. 안 되는 줄 알면서도 배운 도둑질이 선생질이라 그냥 지나치지 못하고 오며 가며 가르쳐도 고집스레 들어먹지를 않더니, 짐작보다 빨리 사라졌다. 배움도 배워본 가락이 있는 사람이나 얻을 수 있지 근본이 안 된 것들은 아무리 가르치려 들어도 배우지를 못하는 법이었다. 꼴에 사내랍시고 여자 말은 우습게 여겨 안 들어먹었는지도 모르겠다. 못 배운 인간일수록 여자라면 죄다 저희 집 못 배운 여편네 취급을 하니 그럴 수도 있었으리라.

그 썩은 종자 다음에 우리 동으로 온 경비가 바로 난장이 김씨였다.

그런데 안씨가 나를 두고 기자에게 지껄일 말이 뭐가 있단 말인가.

무슨 앙심을 품고 해코지하려는가. 이래서 없이 사는 인간들을 조심하라는 말이 나오나보다. 저 할 일은 하지 않고 남의 꼬투리만 잡아 항의하고 떠들어대는 자들이다. 의무를 들이대면 문맹인 척하다가, 돌아서서 권리를 줄줄 읊어대는 자들이다.

끊어졌다가 다시 울려대는 전화벨 소리가 집요했다. 전화기 앞으로 다가가 수화기를 천천히 집어들었다. 귀를 대지 않아도 시끄럽게 새어나오는 목소리가 빨간색 전화기 주변을 울렸다. 좀 전에 전화를 한 작자 같기도 하고, 아침에 문밖에서 소란을 피워댄 기자 같기도 했다. 전혀 모르는 목소리 같기도 했다. "돌아가신 ……이 이명耳鳴에 …… 오래 ……아십니까? 할머님이 ……라는 말이 맞습니까?" 나는 수화기를 더이상 들어올리지 않고 가만히 내려놓았다.

부엌으로 되돌아와 선 채로 식은 커피 한 모금을 삼켰다. 라디오를 껐다. 전화벨 소리에 피아노 선율을 제대로 들을 수 없어서였다. 식은 커피는 맛이 더 쓰게 느껴졌다. 피아노 소리를 제멋대로 깨뜨리던 벨소리가 잠시 후 뚝 그쳤다. 나는 비로소 내 자리에 다시 앉을 수 있었다.

방금 전화를 건 작자가 죽은 난장이의 이름을 뭐라고 떠들었지만, 기억이 나지 않았다. 그의 이름이 무엇이었는지 내가 기억해야 할 이유가 어디 있단 말인가. 안씨 다음으로 온 경비가 난장이였고, 나는 처음에 경비실 앞에 서 있던 난장이를 보고 깜짝 놀라 관리소장에게 전화를 걸었었다. 관리소장은 나를 달래며, 난장이는 난장이가 아니라고 말했다. 그는 그저 키가 작은 사람이라고.

"제 눈엔 난장이로 보이는데요?"

"잘못 보셨겠지요. 그는 우리와 같은 사람이에요. 키가 평균보다 작을 뿐입니다."

관리소장이 말했다.

"제 눈엔 영락없는 난장이네요."

"그 사람은 난장이가 아니지만, 선생님 말씀처럼 난장이라고 한들 무슨 상관입니까? 아주 바지런하고 빈틈없이 일을 하는 사람입니다."

"그 사람은 여기 온 지 사흘밖에 안 되었다던데, 그가 어떤 사람인지 소장님이 어떻게 아시나요?"

"알고 보니 우리 아파트 단지가 들어서기 전부터 이 동네 살던 사람입니다. 가족들하고 오래 살았답니다."

"그럼 그도 여기 주민인가요?"

"아니요, 아파트 주민은 아닙니다. 형편이 안 돼서 분양 전에 입주권을 팔았다고 들었어요. 그를 아는 사람이 아직도 동네에 많답니다. 모두들 좋은 사람이라고 하더군요."

"나는 이 아파트를 분양받은 사람이에요. 제일 먼저 입주한 주민이지요. 아파트 상가가 바뀌어오는 걸 전부 지켜봤어요."

관리소장도 알고 있는 사실이지만, 나는 한번 더 힘주어 말했다. 나는 당신 이전의 관리소장도 기억하고 있는 사람입니다, 라는 말은 하지 않았다.

"그거야 저도 잘 알지요. 한번 지켜보세요. 김씨는 손재주도 좋아서 선생님 댁 수도가 고장났을 때 도와드릴 수 있을 겁니다. 하나 버릴 데가 없는 사람이에요."

나는 퇴직한 지 오래되었지만, 관리소장은 나를 여전히 선생님이라고 불러줬다. 할머니라고 부르지 않았다. 그래서 나도 그의 말만은 선선히 들어주곤 했다. 사실, 난장이 전에 일한 두 명의 경비들이 망치질에 서툴러 불편한 점도 있었다. 새로 온 경비가 난장이라 꺼려지더라도 변기가 고장나거나 천장에 달린 등이 껌벅거릴 때 바로 부를 수 있다면 편할 게 분명했다. 그건 관리소장의 말이 맞았다. 알고 보면 관리소장도 보통 약은 사람이 아니었다.

그런데…… 이제는 난장이마저 일을 못하게 되었다. 문득 단맛이 당겨 몸을 일으켰다. 오늘은 사지가 무거웠다. 저녁에 수업을 들으러 나가야 하는데, 몸이 좋지 않았다. 선생이 읽고 감상을 적어오라고 한 소설을 끝까지 읽지 못했다. 불란서 작가의 소설은 진작 읽고 몇 자 적어두었는데, 우리나라 소설은 어쩌다 절반밖에 읽지 못했다. 아파트에 번잡스런 일이 생긴 탓이거니 싶었다. 뼛속이 옥신옥신 쑤셨다. 내일은 비가 올지도 모르겠다. 난장이가 떨어져 죽은 화단도 축축하게 젖겠지. 어제도 아파트 입구를 지나칠 적에 빵집에선 구수하고 달큼한 빵냄새가 났다. 난장이는 개나리꽃이 활짝 핀 화단에 떨어지자마자 숨이 끊어졌다고 했다. 택배 트럭은 매일 같은 시간에 구부러진 길을 따라 짐을 실어왔다. 손으로 입을 반쯤 가린 아파트 주민들이 제각각 죽음에 대해 수군댔다. 싱크대 상부장 문을 차례로 열었더니, 맨 오른쪽 위 칸에 인스턴트커피 상자가 보여 의자를 놓고 올라갔다. 난장이는 병아리처럼 목뼈가 똑 부러졌다고 했다. 나는 의자를 딛고 올라갈 때마다 낙상이라도 당할까봐 신경이 곤두섰다. 우리집에서 내려다보이는 노란 화단은 당일에 말끔하게 정돈되었다. 내가 의자에서 굴러떨어져 정신을 잃는다면 그 사실을 바로 알 사람이 없었다. 수

다스럽게 봄을 알리는 개나리꽃들은 여전했다. 커피 상자를 내려놓고 유통기한을 확인했더니 아직 보름 남아 있었다. 난장이의 흔적은 아파트 단지 어디에도 남아 있지 않았다. 안심하고 물을 끓여 커피 가루를 탔다. 달았다. 혀가 안으로 말려들어갈 만큼 달았다.

묵직한 전화벨 소리가 재차 머리를 때려대기 시작했다. 수화기를 들었지만 아무 소리가 들리지 않았다. 숨을 죽이고 귀에 가져다 댔다. 그때서야 돼먹지 않은 소리가 꽥 들려왔다. 이번에도 영미가 아니었다. 분했지만 수화기를 가만히 내려놓았다. 수화기를 내던지는 건 본데없는 인간들이나 하는 짓이었다. 이십 년 가까이 쓴 전화기를 멀쩡하다고 새것으로 바꾸지 않은 게 후회됐다. 상대편 번호가 낱낱이 찍히는 전화기를 사놓았더라면 이렇게 골탕 먹는 일이 없었을 텐데. 전화선을 뽑으면 새 부리같이 골을 파먹는 벨소리야 멈추겠지만, 그럴 수가 없었다. 영미가 전화를 걸어올지 몰랐다. 영미가 사는 도시는 지금쯤 늦은 저녁일 것이다. 퇴근을 하고 집에 돌아온 영미가 저녁 먹은 그릇을 치우고 전화를 걸지도 몰랐다. 바다 건너의 영미가 잠이 들 무렵까지는 전화기 코드를 뽑아놓을 수 없었다.

싱크대 선반 위의 라디오를 가져다가 식탁 위에 놓고 전원을 켰다. 잘 맞춰둔 FM 라디오 채널에서 치직치직 잡음이 났다. 채널 맞추는 다이얼을 왼편 오른편으로 돌려보았지만, 잡음 섞인 피아노 소리만 흘러나왔다. 안테나 위치를 옮긴 탓인지 알 수 없었다. 이번 달 25일에 연금이 들어오면 백화점에 나가 전축 구경을 해보아야겠다고 마음먹었다. 애들 아버지가 88올림픽 때부터 듣던 노르웨이제 전축은 어디가 고장났는지 테이프를 넣으면 돌아가는데 FM 주파수를 잡지 못했다. 문득, 난장이가 죽기 전에 전축을 봐달라고 말해볼걸, 하는 후회가 들었다. 아쉬웠다. 난장이는 관리소장 말대로 손재주가 좋아서 오물 냄새가 올라오는 싱크대 배수구도 고치고, 한겨울에 얼어붙은 세탁기도 녹이고, 막힌 변기도 뚫어주었다. 나는 경비에게 고장난 집을 손봐달라고 하고, 택배 상자를 날라달라고 부탁할 때마다 잊지 않고 감사 표시를 했다. 냉동실에 꽝꽝 얼려두었던 만두나 한과나 송편, 곶감 등을 떼어주었다. 모두가 명절에 쓰고 남아 아껴둔 귀한 음식이지만, 남에게 나누어주었다. 담뱃값을 하라며 천원짜리를 찔러주었다. 나는 본디 남에게 신세 지는 것을 꺼리는 성격이었다. 고마운 일은 고맙다고 말했고, 예의를 지켜서 대했다. 그런데도 난장이는 경비실 앞에서 "김씨, 김씨" 하고 부를 때마다 매번 빨리 돌아보지를 않았다. 몸은 경비실에 두고 정신은 멀리 다른 데 가 있는 사람 같아 몇 번이나 주의를 줬다.

그 밖에 내가 경비와 말을 섞고 살 이유가 어디 있단 말인가. 나는 난장이와 개인적인 얘기를 나눈 적이 없었다. 전부 아파트에 관한 이야기뿐이었다. 집에 대한 얘기를 경비와 하지 않으면 누구와 하나? 아파트 경비한테 아파트 얘기를 하는 게 잘못인가? 기자에게도 말했듯이, 난장이가 화단으로 뛰어내린 날에는 그를 본 적도 없었다. 마지막으로 대화를 나눈 건 그가 죽기 전전날이었다. 그것도 저녁 외출 하는 길에 경비실 앞에 서서 몇 마디 나누었을 뿐이다. 오 분? 십 분? 무슨 말을 주고받았는지는 하도 대수롭지 않아 기억조차 나지 않는다.

찌릉찌릉 소리가 들려서 다시 전화기 쪽을 쳐다보았더니 아무 소리도 들리지 않았다. 전화벨이 한 번 울리고 끊어졌거나 아니면 잘못

들은 모양이었다. 아무래도 안 되겠다 싶어서 탁자 뒤로 이어진 전화선을 더듬어 코드를 뽑았다. 영미가 집으로 전화를 걸었다가 받지 않으면 무슨 일인가 크게 걱정하겠지만, 아마 휴대폰으로 뒤이어 전화를 걸어올 것이었다. 나는 안방에서 충전하던 휴대폰을 가져와 살펴보았다. 모르는 전화번호가 두 개나 찍혀 있었다. 누구일까 궁금했지만 내버려두기로 했다. 영준이와 영미가 아닌 이상 누구의 전화라도 관계없었다. 전화가 온들 반가울 사람도 없었다. 식탁 위의 휴대폰이 비뚤게 보여 식탁 모서리와 줄을 맞춰 반듯하게 고쳐놓았다. 누가 내 휴대폰 번호까지 기자들에게 알려주었을지 모른다는 생각을 하니 겁이 났다. 세상에 어쩌다가 이렇게 악의적인 사람들이 많아졌는가. 정말로 무서운 세상이었다. 아무도 보호해주지 않는 세상이었다.

나는 식탁 한편에서 책을 집어들어 책갈피가 끼워진 페이지를 펼쳤다. 영미는 치매에 걸리지 않으려면 책을 꾸준히 읽어야 한다고 말했다. 영미의 당부도 당부고, 이전에 신청했던 노래 교실이 도무지 성격에 맞지 않던 차에 같은 학교에 근무했던 정선생의 권유로 문학 수업을 듣게 되었다. 책 읽기를 좋아하는 편은 아니었지만, 무료한 밤에 소일거리가 되었다. 가족끼리 싸우는 소리가 끊이지 않는 텔레비전 연속극을 틀어두는 쪽보단 나았다. 막상 정선생은 지난겨울 쓰러져 바깥출입을 하지 못했다. 앞으로는 정선생을 볼 일이 없을 것 같았다. 정선생이 죽어 부고가 날아들더라도 장례식에 갈 마음은 없었다. 내가 죽어 관에 누운들 죽은 정선생이 조문 오지는 못할 테니까. 죽은 난장이가 누운 장례식장도 텅 비어 있었다고 했다. 난장이처럼 키 작은 그의 아들딸만 옹기종기 앉아 소리없이 울었다고 들었다. 그의 죽음을 두고 낮고 길게 소곤대던 아파트 주민들은 왜 조문을 가지 않았을까. 그렇게 안타까운 일이었다면.

그런데 내가 죽으면 누가 올까. 누가 내 죽음에 관해 물을까. 전화를 걸어 묻고, 집에 찾아와 묻고, 묻고 또 물을까.

오늘 저녁 수업에 늦지 않으려면 서둘러 숙제를 읽어야 했다. 수건으로 제 얼굴을 감싼 채 뛰어내린 난장이는 떠올리고 싶지 않았다. 나는 소설을 한 줄씩 곱씹으며 읽어나갔다. 더이상 내 생활에 방해를 받아서는 곤란했다. 오늘 경비실은 누가 지키고 있는지 궁금했다. 우리말로 우리나라 작가가 쓴 소설인데 우리나라 소설 같지가 않아, 같이 공부할 불란서 소설보다 어려웠다. 점심으로 뭐든 끓여먹고 세탁 맡긴 스카프와 트렌치코트를 찾아와야 했다. 이러다가 저녁이 다가올 때까지 숙제를 읽지 못할까봐 조바심이 났다. 나가다가 경비원을 보면, 잊지 않고 위층 아이들 뛰는 소음이 시끄럽다고 항의를 넣을 작정이었다. 지금은 천장이 울리지 않지만, 지난 주말에 애들이 들뛴 건 사실이었다. 말 많은 위층 애기 엄마가 가만있지 않았으니 나도 가만있지 않겠다. 읽은 문장이 머릿속에 안 들어와 앞줄로 돌아가 읽고, 다시 느리게 읽었다.

아버지는 키가 작았다. 어머니가 다친 아버지를 업고 골목을 돌아들어왔다. 아버지의 몸에서 피가 뚝뚝 흘렀다. 내가 큰 소리로 오빠들을 불렀다. 오빠들이 뛰어나왔다. 우리들은 마당에 서서 하늘을 쳐다보았다. 까만 쇠공이 머리 위 하늘을 일직선으로 가르며 날아갔다. 아버지가 벽돌 공장 굴뚝 위에 서서 손을 들어 보였다.

나는 이 대목을 세 번 읽고 연필심으로 밑줄을 그었다. 하늘을 일직선으로 가르며 날아간 쇠공의 의미가 무엇인지 잘 이해가 가지 않았다. 조금 알 것 같기도 하고 모를 것 같기도 했다. 저녁에 문학 수업에 가면 선생에게 물어보아야겠다고 생각했다.

식탁 위에 작은 노트를 펼쳤다. 목을 매고 죽은 청년과 음독자살한 처녀와 셋집의 벽이 나오는 불란서 소설을 읽고 감상을 적은 아래에 가로로 길게 줄을 그었다. 지금 읽고 있는 소설 제목을 먼저 적고 그 밑에 연필로 썼다.

가난은 내가 벗어둔 옷이다.

써놓고 보니 마음에 들지 않았다. 잘못 적었다는 생각이 들어 '내가 벗어둔 옷이다'를 고무로 싹싹 지웠다.

가난은……

내가 적은 작은 글씨를 내려다보고 있으려니 어떤 불편함이 목구멍 안쪽으로 차올랐다. 마음에 들지 않았다. 내가 쓴 것을 몽땅 지워버렸다. 백지만이 남았다. 이를 악물고 가난으로부터 달아나야 하는데, 주인공은 작아지고 작아지다못해 오그라들었다. 그에게는 엉덩이를 붙일 반 평짜리 땅도 허락되지 않았다. 안된 일이었다. 아버지를 이해하지 못하고 남의 탓만 하고 다니는 그의 아들이 한심했다. 아버지의 죽음은 너의 잘못이라고 일러주고 싶었다. 그 누구의 잘못도 아닌, 못 배우고 무기력한 너의 잘못이라고.

다행히 코끝이 시큰할 만큼 슬프지는 않았다. 가난이 무엇인지 누구보다 잘 아는 사람은 다름 아닌 나이기 때문이었다. 신문에서 불우

한 사람에 대한 기사를 읽어도, 누구의 불행을 이야기 들어도 울음이 나지 않았다. 세상에 나보다 어려운 시절을 견뎌낸 사람이 없다는 생각에 남들의 고통이 하찮게 느껴졌다. 진짜 울음이 아니라 떼쓰는 소리로밖에 들리지 않았다. 내가 사위와 며느리를 맞이할 때 가장 신경 쓴 점도 그것이었다. 불행을 일찍 알게 된 젊은이는 피하고 싶었다. 그런 한편, 살면서 불행은 본 적도 없다는 얼굴을 한 사람을 만나면 보기 싫었다.

그런데 난장이는 어떻게 그랬을까. 손가락질받는 외모에, 가난해서 아파트에 입주조차 못한 그가 무슨 수로 해맑은 얼굴을 하고 있는지 알 수가 없었다. 그는 불행해 마땅한데, 어떻게 나를 볼 때마다 웃을 수 있는지 알 수 없어 불쾌한 날이 많았다.

갑자기 현관문 밖에서 똑똑 두드리는 소리가 들렸다. 똑똑. 똑. 또독. 나는 의자에서 일어나 비디오폰 화면을 들여다보았다. 네모난 화면 속에는 아무도 없었다. 누구의 그림자도 보이지 않았다. 윗집에서 난 소음을 잘못 알아들었는가. 식탁 앞으로 되돌아왔다.

기자들은 다들 집으로 갔는지 궁금했다. 되돌아오지는 않을까. 짐작보다 그들은 포기가 빠른 것 같았다. 난장이에 대해서도 한 달이 지나면 잊어버릴 게 틀림없었다. 곧 잊어버릴 사람에 대해 뭐하려고 물어보는가. 나는 찻잔 밑바닥에 남은 식은 커피를 마저 삼키고 이야기를 읽어가기 시작했다.

아아아아아아아 하는 울음이 느리게 나의 목을 타고 올라왔다.

"울지 마, 영희야."

큰오빠가 말했었다.

"제발 울지 마. 누가 듣겠어."

나는 울음을 그칠 수 없었다.

몇 줄만 더 읽으면 끝이었다. 그러나 읽을 수가 없었다.

제발 울지 마. 누가 듣겠어. 큰오빠의 말은 언젠가 내가 들은 말 같았다. 그렇지 않았나? 오래전 그날 나에겐 무슨 일이 있었던가. 내 오빠는 1998년도에 세상을 떠났고, 그날의 기억을 같이 떠올려줄 사람은 이제 없었다. 입을 막고 흐느끼던 여자아이를 나는 기억하지 못한다. 그 여자아이에 대해 물어보는 사람도 없고, 대답해줄 사람도 없었다. 하늘을 일직선으로 가르며 날아간 쇠공의 의미가 무엇인지, 선생에게 물어봐야겠다는 생각을 버렸다. 별로 알고 싶지 않아졌다. 난장이를 이해하고 싶지 않았다. 늙은이의 기억은 찻잔의 온기처럼 쉬 날아가버리고, 죽은 사람은 말이 없는 법이었다.

그렇다. 죽은 사람은 말이 없다. 내일, 그리고 모레, 누가 또 전화를 걸어온대도 나는 어제와 같은 말을 반복할 것이다. 아무것도 기억이 나지 않는다고. 자명한 건 난장이의 죽음에, 나는 잘못이 없다는 사실이었다. 이곳엔 새로운 고용인이 오고, 경비 일을 하게 될 것이다. 그들은 계속 오고, 바뀌고, 가면 또 올 것이다. 김씨이거나 박씨이거나 난장이이거나 개이거나, 내게는 매한가지였다. 이 아파트에서 십 년 넘게 살아온 사람은 나고, 앞으로 십 년이 넘게 살아갈 사람도 나다. 그런 생각을 하고 있노라니 어쩔 수 없이 쓸쓸한 기분이 들었다. 모두 가고, 가버릴 거고, 이곳에 남게 될 사람은 나 혼자라는 생각이 들어서였다. 나는 눈을 감고 차가운 손바닥으로 얼굴을 감쌌다.

또독, 또도독.

베란다 쪽에서 유리를 똑똑 두드리는 소리에 눈을 떴다. 베란다 쪽으로 몸을 틀고 귀기울였다. 이내 아무 소리도 들리지 않았다. 아무도 없었다. 눈먼 새도, 떨어지는 작은 공도 보이지 않았다. 아무도 없었다. 천장부터 마룻바닥까지 두꺼운 얼음으로 둘러싸인 물속처럼 고요했다. 꽝꽝 언 강물 밑바닥처럼 적요했다.

문득, 책을 덮고 당장 나가봐야겠다는 충동이 일었다. 경비실에 새 경비가 왔는지 들여다보고 싶었다. 그가 어떻게 생긴 사람인지, 이름이 무엇인지 궁금해서는 아니었다. 다만 앞으로 가장 자주 볼 사람이 그이기 때문이었다. 당분간 가장 자주 이야기 나눌 사람이 그이기 때문이었다. 언젠가 그가, 이곳을 떠날 때까지.

* 133쪽, 135~136쪽에 인용된 문장은 조세희의 「난장이가 쏘아올린 작은 공」(『난장이가 쏘아올린 작은 공』, 이성과힘, 2000, 143쪽)의 일부분이다.

모든 것이 붕괴되기 이전에

모든 것이 붕괴되기 전으로 돌아가야겠다고 마음먹었다. 다행히 류는 돌아갈 방법을 알았고, 그래서 그렇게 했다. 세상이 무너지기 전으로, 과거의 흐름 속으로 끼어들기 위해 좁은 문을 열었다. 류는 그를 만난다면 모든 일이 달라질 거라 믿었다. 그 믿음이 시간을 거슬러올라가게 했다.

*

그는 홀 안쪽 이인용 테이블 앞에 앉아 있었다. 긴 목을 빼고 머리를 사십오 도 기울인 자세가 불편해 보였다. 짐작대로 그는 혼자였고, 얇은 책자를 펼쳐들고 있었다.

류는 피규어 동호회 회원들이 삼삼오오 둘러앉은 테이블을 피해 현관에서 안쪽으로 S자를 그리며 걸어들어갔다. 스피커에서 흘러나오는 빠른 리듬의 노래와 소란스런 대화 틈으로 구둣발 소리가 울렸다. 류는 그것이 고래의 심장이 뛰는 소리 같다고 생각했다. 그리고 이 순간을 아주 오래도록 기억하게 되리란 예감에 휩싸였다. 류는 불길한 예감을 떨치기 위해 피규어 카페에 들어온 목적을 곱씹었고, 어느새 한 걸음 앞에 있는 남자와 마주했다.

"피규어를 구하신다고요." 류가 말을 건네기 직전에 그가 팸플릿을 내려놓고 고개를 들었다. "스리피오 님."

류는 스리피오3PO라는 닉네임을 부르고 나서야 눈이 퀭한 스리피오의 금속 얼굴과 그의 얼굴이 닮았다는 사실을 알았다. 깜짝 놀랄 일을 목격한 듯한 표정까지도. 류는 사람이 사람을 닮지 못하고 로봇을 닮았다니 거기서부터 비극이 시작됐는지 모르겠다고 생각했다. 류는 오른손에 쥐고 있던 나일론 백에서 투명 아크릴 케이스를 꺼냈다. 그의 안경 너머 눈빛이 바뀌는 것을 확인한 뒤, 비어 있던 맞은편 의자에 걸터앉았다.

"구경해보시겠습니까."

그의 시선이 칸막이로 나눠진 케이스 안쪽을 훑고 지나자 입술 사이로 바람 빠지는 것 같은 신음 소리가 새나왔다.

한동안 햄버거 회사의 세트메뉴에 사은품으로 증정됐던 〈스타워즈〉 피규어 시리즈 가운데 그가 수집하지 못한 캐릭터는 단 두 종류였다. 루크 스카이워커와 다스 베이더는 한 개씩 더 가지고 있었고, 트루퍼들은 지나치게 많았다. 사람을 꺼리는 그가 서른넷의 나이에 피규어 동호회의 오프라인 모임까지 나오게 된 까닭은 츄바카와 레아 공주를 구하기 위해서일 것이었다. 수집광을 노린 햄버거 회사의 상술인지 착오인지 몰라도 당시 츄바카와 레아 공주는 어느 지점에도 없다는 소문이 돌았다. 완전한 세계를 만들기 위해 그는 기차를 타고 다른 도시의 역사 안에 위치한 햄버거 가게를 방문하기도 했겠지만, 원하는 캐릭터를 얻지 못했을 것이었다. 피규어 수집에 대한 그의 열정과 이력을 누구보다 잘 아는, 속속들이 꿰뚫고 있는 사람이 바로 류였고, 그래서 류는 그를 처음 만나는 장소로 이곳을 선택했다. 천 개가 넘는 피규어로 둘러싸인 카페야말로 세계의 축소판일 테니 이보다 적합한 장소는 없다고 확신했다.

"어디서 구하셨어요? 둘 중 하나라도 구해보려고 그렇게 애를 썼는데. 이 녀석들이 어디 숨어 있었나."

시리즈의 구성물이 빠짐없이 들어 있는 케이스를 살펴본 그는 혀로 아랫입술을 축였다.

"일종의 유품이랄까요."

류는 아크릴 케이스의 표면을 지문으로 훑었다. 시간을 빠르게 거슬러온 물건이라기에는 지나치게 차갑고, 매끄러웠다.

유품이라는 말에 실망하는 기색이 수집가의 낯을 훑고 지나갔다. 그는 감정을 숨기지 못하는, 아니 숨기지 않는 사람이었다. '지구는 아무것도 숨기지 않는다. 어리석은 인간이 알지 못할 뿐이다'라는 제목의 글을 십 년 뒤 한 잡지에 발표하기도 할 것이다.

"이걸 팔죠."

"팔아도 돼요? 얼마? 얼마에?"

그의 목소리는 간절했다.

류는 대답하지 않고 맞은편 유리창 밖을 내다보았다. 날씨가 지나치게 맑았다. 스모그에 익숙한 류의 눈이 불편할 만큼.

"망가질 것을 알면서도 지금 손안에 쥐었다는 사실만으로 행복할 수 있을까요? 온전한 행복을 누리는 일이 가능하냐는 말이죠."

"네? 어디가 망가졌어요?"

그는 상대방의 말을 귀기울여 듣지 않고 딴소리를 했다. 늘 이런 식이었다고, 류는 생각했다.

"아뇨. 지금은 날씨가 좋습니다. 눈이 시리군요."

"당연하잖아요. 봄인데, 봄."

같은 말을 반복하곤 하는 습관도 똑같았다. 그는 콧등을 손톱으로 자꾸 긁적였다. 그의 관심사가 맞은편에 앉아 있는 인간이 아니라는 사실을, 언제나 인간이 아니었다는 사실을 류가 모를 리 없었다.

"돈은 필요 없습니다. 혹시 터미네이터를 가지고 계신다면 교환하고 싶은데요."

"얼마든지요! 터미네이터라면 남아요. 많아요."

그런 말을 듣지 않아도, 류는 그의 연구실 철제 캐비닛에 터미네이터 피규어가 여러 개 들어 있다는 걸 알았다.

"그런데 유품이라고 하지 않았어요?"

그가 물었다. 말을 내뱉어놓고는 곧 쓸데없는 말을 했다고 후회하는 표정이었다.

"모든 유품에 의미가 있나요? 주는 사람에겐 의미가 있어도 받는 사람에겐 그저 대신 버려야 할 쓰레기일 수도 있지 않을까요? 수백 개의 작은 얼굴은…… 너무, 너무 많지요. 둘러싸여 악몽을 꿀 정도입니다.

가져가세요. 다만, 츄바카와 레아 공주만 따로 빼가시는 건 좀 그러네요. 괜찮다면 케이스째 같이 들고 가시지요. 둘만 따로 움직일 수는 없으니까요."

"맞아요. 하나의 세계는 언제나 같이 이동하는 법이죠, 다 같이."

그는 바싹 마른 손가락으로 안경을 추어올렸다. 로봇처럼 딱딱한 웃음을 짓자 고르지 않은 치열이 드러났다. 만족스런 거래를 마친 그는 말주변도 없는 주제에 말이 많아졌다. 그가 수집중인 희귀 아이템에 대해 두서없이 풀어놓는 이야기를 류는 참을성 있게 들어주었다. 이 시간이 무엇과 교환한 값비싼 시간인지 알 턱이 없는 그였다.

류는 이야기를 듣는 도중 마른기침을 내뱉곤 했다. 지나치게 맑은 이곳 공기가 오히려 호흡기를 불편하게 만들었다. 그러나 무엇보다 류에게 익숙하지 않은 건 콧속을 간질이는 공기가, 2013년이라는 시간대가 아니었다. 그 무엇도 한껏 행복해 보이는 그의 얼굴보다 낯설 수는 없었다. 츄바카와 레아 공주의 새로운 주인이 된 남자는 만족감을 감추지 못했다. 행복이란 이렇게 쉽게 오는 것이었나. 행복은 그에게도 낯선 감정인 줄 알았는데 그렇지 않은가보았다.

류는 폐 한가득 둥근 숨을 빨아들였다. 류의 오른쪽 귓속에 감추어진 수신기에서 낮게 신호가 들려왔다. 아직은 유의할 만한 메시지가 없었다. 전달 사항이라면 과거로 들어온 입구를 찾아가 거꾸로 통과해 나가기까지 열여섯 시간이 남았다는 알림 정도였다. 모든 일을 되돌려놓기에 짧을 수도, 지나치게 길 수도 있는 공백이었다. 류는 다시 창밖을 내다보았다. 이렇게 진한 햇빛을 언제 마지막으로 보았는지 기억나지 않았다. 그가 앞에 앉아 있지 않다면 팔을 뻗어 엄지와 검지로 햇살을 맞비벼보았으리라. 그러면 노란 부스러기가 꽃가루처럼 부서져내릴지도 몰랐다. 포슬포슬한 햇빛을 눈으로 훑어내리며, 류는 반대로 그가 떠나온 어둠을 떠올렸다. 사람들이 생쥐처럼 하수로 속으로 숨어들고 악당들만 살아남은 지상은 붕괴시켜버려야 한다고 믿었는데, 그렇지가 않았다. 산소마스크와 생존 키트를 사기 위해 장기를 파는 아이들이 사는 세계라도 없는 편보다는 존재하는 편이 낫다는 것을 류는 너무 늦게 알았다.

*

시간을 거슬러올라 도착해야 할 곳, 그러나 가장 가고 싶지 않은 곳에 류는 결국 도착했다. 모든 악이 뿌리내린 장소, 붕괴의 진원지에.

서너 대의 컴퓨터와 각종 기계에서 빠져나온 검고 흰 전선들이 가로세로 드리워진 방은 류의 기억보다 훨씬 좁아 보였다. 벽으로 밀어놓은 소파 겸 간이침대 위에는 사람을 막 내뱉은 양 구겨진 담요가 덮여 있었다. 공기중에는 기름진 음식 냄새가 떠돌았다. 이곳, 그가 근무하는 대학의 연구실은 피규어 카페에서 걸어서 십 분 정도의 거리에 있었다. 이곳으로 걸어오면서 두 사람이 나눈 대화 가운데는 기억할 만한 것이 아무것도 없었다.

"어디 커피가 있었는데."

그는 책과 비타민 통 등이 계통 없이 올려진 선반을 뒤적였다. 마침내 사무용 책상 서랍에서 커피가 든 유리병을 끄집어낸 그는 뜨거운 물을 받아온다며 복도로 나갔다.

문간의 접대용 테이블 앞에 앉았던 류는 문 닫히는 소리와 함께 일어나 연구실 안을 훑어보았다. 류의 시선이 멈춘 물건은 책장 가로대에 세워진 액자였다. 금속 틀의 작은 액자는 류가 본 적이 없는 물건이었다. 류는 방문을 흘끔 돌아본 뒤 액자를 들어올렸다. 스냅사진 속에서 단발머리 여자의 어깨를 안고 웃는 그는 류가 기억하는 얼굴보다도, 또 현재의 얼굴보다도 젊고 생기 있어 보였다. 투명한 유리 너머 여자의 얼굴을 지문으로 문지르자 유리 특유의 서늘함이 손끝에 느껴졌다. 방안의 온기는 아랑곳하지 않는 차가운 감촉이었다.

그때 문밖에서 부주의한 발소리가 울렸다. 소리를 듣자마자 류는 액자에서 손을 떼고 돌아와 앉았다.

"설탕이, 찾아봐도 없네요. 아내가 흰 설탕을 사다 줬는데. 난 하나도 안 먹었는데."

그는 류에게 설탕을 넣는지 안 넣는지 물어보지도 않고 설탕 통을 찾는다고 부산스레 움직였다. 류는 의자에 가만히 앉아서 방 주인의 무릎 나온 바지와 비듬이 달라붙은 머리칼을 지켜보기만 했다. 그는 덩어리로 굳어버린 커피 알갱이를 더운물에 개어 류에게 건넸다. 종이컵이 손에서 손으로 건너오는 순간, 류는 엄지에 그의 손끝이 살짝 스치는 것을 느꼈다. 류는 커피를 흘리지 않으려고 얇은 종이컵을 양 손바닥으로 감싸안았다. 종이컵을 데운 커피의 열기가 손안으로 옮겨와 앉았다.

끼끼끼기-긱. 류의 맞은편 캐비닛 문짝이 열리며 마찰음을 냈다. 그는 캐비닛 문을 활짝 열어둔 채 테이블 앞으로 다가와 앉았다. 그가 왼 손바닥 위에 피규어를 보란듯 세워 보이고는 그것을 곧 테이블 위로 옮겼다. 매끄러운 유리 상판 위에 서 있는 터미네이터는 어쩐지 위

태롭고 기진맥진해 보였다.

키 높은 캐비닛 가득한 피규어들의 주인은 제 몫의 종이컵에 녹차 티백을 담근 뒤 더운물을 입으로 후, 하고 불었다. 그의 안경 렌즈 위로 김이 뿌옇게 서렸다. 카페에서 그를 만났을 때, 동그란 플렉스 테의 안경이 그가 태어날 때부터 몸의 일부였던 것처럼 자연스러워 보였다는 사실을 류는 새삼 깨달았다. 순간 불투명한 막이 생긴, 그의 눈을 완전히 가려버린 안경 렌즈는 류가 감춰두고 싶었던 시간을 소환하기 시작했다. 그러나 류가 누구인지, 무슨 이유로 이곳에 들렀는지 알지 못하는 주말 밤의 그는 평온해 보였다. 안경을 감쌌던 뜨거운 김이 공기중으로 흩어지고, 다시 맑아진 렌즈 너머로 드러난 눈동자는 졸려 보이기도 했다.

그래서 류는 눈치 없는 평온을 깨뜨려주기로 마음먹었다. 저멀리에서 오른쪽 귓속으로 날아든 수신음도 행동을 재촉하고 있었다.

"좀 전에 아내, 라고 말씀하지 않으셨나요?"

"내가? 내가 그랬어요?"

"주말인데 들어가보셔야 하지 않습니까? 늦은 시간에 제가 방해를 드렸군요. 피규어에 정신이 팔려서 말입니다."

"괜찮아요. 기다리는 사람도 없어요."

그는 어깨를 가볍게 으쓱하더니 혼잣말처럼 중얼거렸다.

"아마 기다리지 않을 거예요."

"누가요."

"아니요, 아무것도. 어때요? 조금 더 모이면 진열장을 따로 맞추려고 해요. 요 옆 장도 피규어가 들어 있어요."

그는 여전히 문이 열려 있는 캐비닛을 뒤돌아보았다. 자신의 '아이들'을 자랑하고 싶은 마음이 없었다면 류를 연구실까지 데려오지 않았으리라.

"하지만 한 세계를 완성하기엔 아직 모자라 보이네요."

류가 말했다. 당신이 진열장을 맞추는 일은 영원히 없어요, 당신은 아이들을 어둠 속에 가둬두고 혼자만 갖고 노는 사람이 될 테니까, 라는 말은 들려주지 않았다.

"물론 시간이 해결해줄 일이겠지요. 내게 피규어를 물려준 사람은 그들의 아버지이자 신으로 그 안에서 자족했어요. 완벽한 하나의 세계라 자부했으니까요. 그가 만든 새로운 세계에 제 자리는 없었습니다. 저 같은 건 불필요하고 끼어들 틈도 없는 세계였지요."

연구실에 이십사 시간 켜놓는 메인 컴퓨터에서 삐빅- 삑- 기계음이 간헐적으로 흘러나왔다. 그 소리는 류에게 어머니의 맥박 소리처럼 익숙하게 들렸다. 류에게는 어머니의 맥박을 들은 기억이 없지만, 막연히 그렇게 느껴졌다. 류 역시 조금 나른해졌고, 이내 컴퓨터 소리 탓에 미래에서 날아온 신호를 놓칠까봐 초조해지기 시작했다. 메인 컴퓨터 소리가 귓속에서 울려대는 수신음과도 흡사한 까닭이었다. 류는 철제 의자를 뒤로 밀면서 일어섰다.

"그런데 그토록 완전한 세계가 깨져버린 적이 있었습니다."

그에게서 반쯤 등을 돌린 류는 벽에 걸린 화이트보드의 글자를 눈으로 훑었다. 익숙한 글씨체였다.

"지식이 아니라 무지를 선택하게 되는 경우는 없다. 특히 그 지식이 엄청난 것이라면. 닥터 스트레인지러브, 에드워드 텔러의 말이로

군요."*

삐빅— 삑— 삑—. 메인 컴퓨터에서 나는 소리인지 2046년에서 날아온 신호인지 분간할 수 없는 기계음이 좀더 빠르게 반복됐다. 누군가 다그치는 소리처럼, 창틀을 급히 두드리는 소리처럼. 닥터 스트레인지러브는 에드워드 텔러가 아니야. 당신은 세계를 폭파시킬 진짜 닥터 스트레인지러브를 만든 악당이라고. 류의 심장도 더 빠르게 뛰었다.

"안됐지만 그런 적이 한 번 있었어요. 피규어들의 아버지에게도 아들이란 존재가 있었거든요. 그런데 학교에 입학한 그의 어린 아들이 피규어 열두 개를 몰래 가지고 나가 같은 반 아이들에게 나눠줬던 거예요. 열두 개쯤 사라진들 알 리 없다고 믿었겠지요. 아들이 무얼 하든 무신경한 아버지였으니. 하지만 그에게는 세계가 붕괴되는 사건이었을 겁니다.

그 일이 있은 뒤 그는 아들을 학교에 가지 못하게 했습니다. 배워야 할 지식은 그의 연구실 안에 충분히 있다고 주장했습니다. 연구실은 하나의 완벽한 세계였고, 피규어들이 가득한 두 개의 캐비닛 역시 작지만 그래서 더 견고하고 무결한 세계였죠. 덕분에 학교에서 외톨이였던 그의 아들은 아이들과 어울릴 필요가 아주 없게 됐어요. 금속과 플라스틱으로 둘러싸인 방에서 인간이 아닌 기계에 대한 지식만을 배우고 외웠습니다. 아주 드물게 연구실 문을 두드리는 소리가 들리면 아들은 비워둔 세번째 캐비닛 안에 들어가 스스로 문을 닫았지요. 어

* 에드워드 텔러(Edward Teller): '수소폭탄의 아버지'라 불리는 미국의 원자물리학자. 스탠리 큐브릭의 영화 〈닥터 스트레인지러브〉(1964)에 등장하는 스트레인지러브 박사의 모델로 회자되기도 한다.

둠 속에 웅크린 아들은 이렇게 중얼거렸습니다. 나는 사람이 아니야. 캐비닛 속 작은 피규어야. 피규어는 무서움을 몰라."

류는 화이트보드로 향했던 몸을 돌려 그를 마주보았다. 그는 안경 너머 작은 눈알을 불안하게 굴렸다. 상대방과 좀처럼 눈을 맞추지 않는 습관은 그대로였다.

"그럴 법한 일이었습니다. 아이가 그보다 어렸을 때, 딱딱한 컴퓨터 책상 위에 포대기째 뉘어졌을 땐, 자장가 대신 주기율표를 외워줬다니. 주기율표를 들으며 젖병 꼭지를 빨던 아기는 어떻게 되었을까요? 과연 무엇이 될 수 있었을까요?"

류는 그가 유리 테이블 위에 세워놓은 터미네이터를 집게손가락으로 건드려 쓰러뜨렸다. 피규어는 제힘으로 바로 서지 못했다. 발을 버둥거리지도 못했다. 생명 없는 것들. 류는 입속으로 중얼거렸다. 숨도 쉬지 않는 세계의 꼭두각시들.

"자장가로 주기율표는 안 되나요? 주기율표를 들려주면 안 돼요?"

불쑥 그가 입을 열었다.

"무슨 소립니까?"

"주기율표만큼 아름다운 리듬을 가진 노래가 어디 있나 해서요."

"터무니없는 소리로군요. 당신이라면 아름다워서 그랬겠습니까?"

"나라면요. 나도 주기율표를 사랑하는 사람이니까요."

여전히 남의 말 하듯 하는 남자를, 스리피오를 닮은 이목구비를 류는 새삼 하나하나 뜯어보았다.

"당신은 역시 참을 수 없는 사람입니다. 더이상 기다릴 수가 없어요." 류는 이어서 말했다. "고백하겠습니다. 나는 미래에서 온 사람입니다. 당신을 죽이기 위해 왔습니다."

컴퓨터가 흘리는 기계음이 문득 멈췄다. 미래에서 날아들던 신호도 딱 멈췄다. 갑자기 찾아든 정적에 류는 자신의 귀가 이상해졌는지 의심했다. 귓속의 수신기가 고장나면 탯줄 끊긴 태아와 같은 신세가 된다는 불안이 머릿속을 헤집고 지나갔다. 현기증을 느낀 류는 철제 의자에 도로 걸터앉았다.

"우주에서 왔다고요? 외계에서 신호를 듣고 왔어요? 날 만나러? 내 신호에?"

그 말은 류에게 폭소가 아니라 분노를 일으켰다. 류는 어금니를 악물었다 뗐다.

"헛소리 작작 해요. 당신이 줄기차게 보낸 신호는 아무데도 다다른 적 없습니다. 우주를 날아가기는커녕 바로 옆 사람한테도 이른 적이 없어요. 외계에서 연락을 기다리는 수신자 따위, 없다고요.

착각하지 말아요. 단순히 미래에 당신이 한 아이를 낳게 했고, 그 아이를 세계를 끝장낼 괴물로 길렀기에 내가 온 겁니다. 당신을 없애버리기 위해 미래에서 왔다고요. 당신이 좋아하는 논리를 가지고 생각해보십시오. 당신을 미리 없애면 버튼을 누를 자도 없어지지 않겠습니까. 당신이 없다면 아이가 없고, 아이가 없다면 끝나지 않아요. 버튼을 누르는 자가 존재하지 않는다면 이 세계는 온전할 겁니다. 땅속의 인간들만 남긴 채 세계가 붕괴되는 일은 일어나지 않는다고요."

그는 여전히 혼란스러운 표정이었다. 쉽게 입을 열지 않았다. 류는 그가 괴물을 낳았다는 진실 탓이 아니라 신호를 외계로 보내는 데 실패해 절망하고 있다고 느꼈다.

"무슨 버튼이요?"

"세상을 붕괴시키는 버튼, 그걸 누르는 사람이 당신 아들입니다."

"나한테 무슨 일이지?"

그가 도리질했다.

"이 순간도 나, 나밖에 모르는군요."

"난 아들이 없는데."

"곧 태어난다고 말했어요."

"낳지도 않은 아들 때문에 이 야단이라고?"

"일어날 일은 이미 일어난 일과 마찬가지입니다. 시간에게만 맡겨 둔다면. 어때요, 2046년에서 왔다는 말이 믿어지지 않습니까?"

"2046년? 아니, 믿어요. 당신이 웜홀을 찾았단 말이잖아. 시간 여행을 했다고. 대단한데. 어떻게 가능했는지 설명해줄 수 있죠?"

"쓸데없는 소리 집어치워요. 당신 아들이 무슨 짓을 했는지나 생각해요."

"하아……" 그가 왼손으로 이마를 짚었다. "낳지도 않은 애를 책임지라는 격이군. 아들이, 내 아들이 세상을 멸망시킨다고? 2046년? 그때 일을 나보고 책임지라고? 이건 너무한데."

그는 류와 눈을 맞추지 않고 저 혼자 중얼거렸다.

"왜요. 억울합니까?"

"억울할 것까지는 없지만…… 그럼 당신은, 당신은 누구?"

"알고 싶습니까?"

류는 숨을 소리나게 빨아들였다 내뱉었다.

"세계를 붕괴시킨 바로 그 남자, 나는 당신의 아들입니다."

*

기계음이 잦아든 연구실 안은 열세 살의 류가 떠나던 아침처럼, 어머니의 자궁 안처럼 조용했다. 어린 새의 날갯죽지처럼 고요했다. 처음 방문을 열었을 때 콧속으로 비집고 들어왔던 익숙하면서도 기름진 냄새가 인스턴트 라면 냄새였다는 사실을 류는 그제야 깨달을 수 있었다.

"역시 내 예감이 맞았어. 이렇게 될 줄 알았어." 그가 자신의 머리를 양 손바닥으로 감싸며 입을 열었다. "당신 말을 다 알아듣겠어. 알겠어."

한참 만에야 메인 컴퓨터의 기계음이 살아났다. 삐빅— 삐빅— 삐비비비—. 연구실의 낡은 심장이 도로 헐떡이기 시작했다. 류는 벽에 걸린 시계를 올려다보았다. 시곗바늘은 삼십 분 전과 같은 위치에 있었다. 시간이 정지된 듯 그대로였다. 고장난 시계는 초침 소리를 내지 않았다. 류의 귓속으로 날아드는 신호만이 밤의 흐름을 잊지 않고 알려줬다.

그가 오늘 커피 병을 꺼내주었던 사무용 책상 위에는 아직 보온병과 일회용 기저귀가 놓이지 않았다. 류는 눈앞의 풍경 위로 그가 기억하는 사물들을 겹쳐 보았다. 얇은 종이를 반 접어올리듯 붙여놓았다. 컴퓨터 책상과 책장 사이에 세발자전거를 끼워넣었다가 도로 꺼내고, 라면 박스를 쌓아넣어보기도 했다. 류는 벽시계를 또 한번 올려다보았다. 원형 시계는 류가 시계 보는 법을 처음 배우던 날도, 이 방을 떠나던 때에도 똑같이 여덟시 이십육분을 가리켰다. 아침 여덟시 이십육분인지 저녁 여덟시 이십육분인지, 바늘의 움직임이 어느 날 멈추었는지는 알 수 없지만, 시침과 분침이 가리키는 방향과 기울기는 류의 기억 속에서 일정했다.

"난 그런 인간이야. 나는 누군가를 낳아서는 안 되는 인간이었어. 그런데 뭐하러 아이를 낳았을까. 낳지 말았어야 했는데. 그래서 아내한테 아이를 갖지 말자고 했어. 아내는 이해 못했지만, 역시 그랬어. 내 예감이 맞았어. 아내를 미워해서가 아니었는데."

"당신 아내는 어차피 당신을 떠납니다. 갓난아기만 남겨놓고. 나는 어머니의 얼굴을 기억하지 못해요."

"그렇겠지. 지금도 이 꼴인데 달라질 수가 없겠지. 이제 뭘 해야 하나. 어떻게 해야 주워담을 수 있을까? 나만 죽으면 해결이 되나? 죽어버리면?"

"죄책감 갖는 척하지 마세요. 당신한테 발 딛고 있는 세계는 아무 의미 없잖습니까? 고장난 피규어를 부숴버리는 일과 망가진 세계를 붕괴시키는 일 중 어느 쪽이 더 어렵겠습니까? 예?"

머리를 반쯤 기울이고 마른세수를 하던 그가 고개를 들었다.

"피규어를 부숴버리듯 세계를 끝내버렸단 얘기군. 버튼을 눌러버렸다고. 그래놓고는 전부 내 탓이라고. 그럴 수도 있어. 나 같은 인간한테서 태어났다면 가능한 일이야. 닮았어. 아주 친숙한 느낌, 그 느낌이 뭐였는지 알겠어. 당신, 아내를 닮았어. 아내의 얼굴을 정말 많이 닮았어."

그런데 왜 처음부터 알아보지 못했느냐고 류는 그를 비난하고 싶었다. 그의 말마따나 아직 태어나지 않은 아들을 알아보지 못하는 건 당연한 일일 텐데도 그랬다.

"한 가지 더 얘기해줄까요? 아내를 닮았다는 이유로, 당신은 나를 미워했습니다."

"내가 그랬어? 그것도 아직 일어나지 않은 일인데……"

"미래에 당신은 그럴 겁니다. 당신이 그랬다고요."

"무슨 말인지 알았어. 알아, 나는 옹졸한 인간이야. 난 본래 옹졸했어. 남을 잘 용서하지 못하고, 용서받지도 못해. 나는 어떻게 해야 할지 잘 몰랐을 거야. 몰라서 그랬겠지. 지금도 그래. 아내와 화해할 방법을 모르겠어. 그래서 지금 이러고 있다고."

류는 지겹도록 아버지에게 들었던 편지에 관해서는 말하지 않았다. 어머니가 갓난아기와 함께 연구실에 남기고 간 편지에 이런 내용이 적혀 있었다고 전하지 않았다.

'당신은 내가 옆에 있어도 기억하지 못하는 사람이에요. 하지만 나는 당신에게 나를 기억시키고 싶어요. 옆에 있는 이 아기가 언제까지나 나를 기억나게 하겠죠.'

아버지도, 어머니도, 이해할 수 없는 인간이었다고 류는 생각해왔다. 누가 더 나쁘다고 가늠하기 어려울 만큼 이상한 사람들이었다. 결국에는 이해할 수 없다면 이해하지 않으면 그만이라고, 자꾸 질문하는 자신과 타협할 수밖에 없었다. 이해란 생존의 문제가 아니라 선택의 문제라 믿기로 했다. 그 믿음은 지금도 변함이 없었다. 하지만 도저히 이해할 수 없는 인간이 두 명이나 존재한다는 사실만으로 세계는 오랫동안 끔찍한 공간이었다.

"지금 죽이려고요?"

그가 물었다.

"그렇습니다."

"어떻게 죽이려고요? 총을 가지고 왔나요?"

"비슷한 겁니다. 정확한 부위에 맞으면 바로 퓨즈가 나갑니다. 고통을 느끼지 않도록 신경쓰겠습니다."

"그럼…… 용기를 내세요, 용기."

"나요? 당신이요?"

"당신, 당신이요."

류는 이런 일에 용기가 왜 필요하냐고 물으려 했지만, 입이 떨어지지 않았다.

"당신은 죄책감 느낄 필요 없어요. 내가 지금 사라진대도…… 아내조차 나를 포기한 지 오래예요. 아무리 기다려도 우주에선 응답이, 아무 응답이 오지 않고. 그런데 내가 죽으면 당신은 태어나지 않나요?"

"그러기를 바랍니다. 이것 말고는 나로서……"

류는 자신이 다른 선택을 할 수 있었다는 진실을 말하고 싶지 않았다. 반드시 이때여야만 할까, 라는 질문을 스스로에게 던지고 싶지 않았다. 버튼을 누르기 직전으로 돌아갈 수도 있었다는, 그렇지 않으면 그보다 몇 년 앞선 시간으로 돌아갈 수도 있었다는, 그의 생에서 결정적 순간은 몇 차례나 더 있었다는 사실을 말하고 싶지 않았다. 류는 제 손으로 존재를 지워버릴 수 있었다는 사실을 고백하고 싶지 않았다. 하필이면 이 시간 이곳으로 돌아왔어야 했을까. 무슨 이유로 아예 출생 이전부터 지워버리려는지 류는 저 스스로조차 이해시키지 못한 채 떠나왔다.

"달리 선택할 길이 없겠죠?"

류가 해야만 하는 말을 그가 대신 해주었다.

"예."

"그럼 이론대로 당신도, 당신도 같이 사라져버릴 테죠?"

"맞습니다, 지금 이 세계에서는 그렇죠."

"츄바카와 레아 공주가 친구들과 함께 가는 것처럼 당신과 나도 그렇겠군요."

"모든 것이 붕괴된 세계는 여전히 존재하겠지만, 당신과 내가 사라진 또다른 세계가 생겨날 겁니다. 분기점에서 갈라져 나온 새로운 세계에는 종말이 오지 않겠죠. 거기는 나라는 존재는 태어난 적도 없는 세계일 겁니다."

"평행한 우주가 책 속이 아니라 실제로 존재한다니, 아름답지만…… 아름답지만 슬픈데요."

"뭐가 슬픕니까?"

"난…… 이 세계가 끝난다는 사실이 잘, 잘 실감이 나지 않아요. 물론 새로운 세계는 행복한 곳일지도 모르겠네요. 그렇지만 그곳에선 당신이 사라진다는 논리가, 질량도 없이 사라져버린다는 얘기가…… 슬프게 느껴지네요. 우리가 지금 이렇게 이야길 나눴잖아요. 당신은 분명 내가 타준 커피를 마셨고요. 오늘밤 이렇게 이야기를 나눴는데, 이런 건 나한텐 아주 드문 일이거든요. 당신이 정말 내 아들이든 아니든, 미래에서 왔든 태양계 바깥에서 왔든, 어디서 온 누구든 간에."

류는 건조하고 따뜻한 방안의 공기를 동그랗게 말아 빨아들였다 내쉬었다. 2013년의 공기가 몇 시간 전보다는 편안하게 느껴졌다.

간단한 일이었다. 이것은 처음부터 간단한 일이었다. 방아쇠를 한 번, 혹은 두 번만 당기면 되는 일이었다. 갖고 있는 지식을 활용하는 작업이었다. 나는 세계를 붕괴시키는 버튼도 누른 적 있는 괴물이다, 라고 류는 저 자신에게 속삭였다. 그렇지 않은가? 어려운 일이라고 판단했다면, 하지 못할 일이라고 예상했다면 다른 사람을 건너오게 했을 것이다.

그런데 이 기분은 뭘까? 류는 이 일이 피규어를 넘어뜨리거나 딱딱하고 작은 버튼을 누르는 일과 다르다는 사실을 애써 부정하고 싶었지만, 아무 말도 하지 못했다. 류는 맥박이 뛰는 존재를 세계에서 사라지게 하는 일, 그것의 무거움을 비로소 알게 되었다. 모든 것을 붕괴시켜버린 뒤에, 뒤늦게 실감하고 있었다. 류는 목이 멘다는 느낌이 무엇인지 알 것 같다고 누구에겐가 고백하고 싶어졌다.

"내가 사라지면 아내가 울까?"

그가 혼잣말을 내뱉으며 의자에서 구부정하게 일어났다.

"한 가지만, 하나만 부탁할 수 있을까요? 어려운 일은 아닌데."

"뭡니까?"

류는 잔뜩 잠긴 목소리로 물었다.

"전화 한 통 걸 수 있어요? 아내와 통화를 하고 싶은데."

"목소리를 듣고 싶다는 말인가요?"

"아니요. 이대로 사라져버리면, 그러면 안 될 것 같아서. 아, 당신 얘기는 하지 않아요, 절대로. 난 그저, 아내한테 화가 났던 게 아닌데. 아니거든요. 어떻게 말을 하면 좋지? 난 사실 모르겠어요. 좀 알려주시겠어요? 당신은 모두 다 알고 있잖아요."

"나는 이미 일어난 일만 알 뿐입니다. 나는 신이 아니라고요."

"어떻게 하나. 그래도 뭔가 말하고 싶은데."

그는 의자에 앉았다 일어났다 반복하다가 휴대폰이 놓여 있는 사무용 책상 앞으로 다가섰다.

"아, 그런데 아마 그건 아닐 거예요. 아니에요."

"뭐요."

"내가 당신을 학교에, 학교에 가지 못하게 한다면서요."

"그랬죠, 당신이."

"피규어를 잃어버릴까봐 그러지는 않았을 거예요. 친구들에게 물건을 빼앗기는 아이가 됐을까봐, 혼자가 됐을까봐 걱정이 됐겠죠. 나는, 내가 아버지가 된다면 아이를 학교에 보내지 않겠다고 결심한 적이 있거든요. 나하고 둘이서 재미나게 공부할 수도 있다고 생각했어요. 내가 아는 지식을 전부 전달해주고, 같이 점심을 먹고. 꼭 학교에 가야만, 그래야만 지구를 알 수 있나요? 어릴 적에 나는 무서웠거든요. 학교는 무서운 곳이었어요. 그런 내가 어떻게 학교 연구실에서 먹고 자고 살다시피 하게 됐는지 모르겠네요."

류는 그가, 자신의 아버지가 이렇게 말이 많은 사람이었다는 사실이 믿어지지 않았다. 자신이 걸음마를 배우고 로봇을 조립하던 방이 맞는지, 그가 떠나온 방과 똑같은 장소로 들어온 게 맞는지 혼란스러울 정도였다. 삐빅 삑– 딕딕– 딕– 삐비빅–. 기계음들이 류의 귓속에서 혼선이 되어 울렸다.

돌연 그가 휴대폰을 들어 버튼을 눌렀다. 류는 허락한 적이 없었지만, 그를 막지도 않았다.

"전화를, 전활 안 받네……"

휴대폰을 든 손이 아래로 툭 떨어졌다. 축 처진 그의 어깨를 보고 안도감을 느꼈는지 절망감을 느꼈는지는 류 자신도 알 수 없었다.

그가 다시 휴대폰을 들어 버튼을 눌렀다. 그의 집게손가락이 버튼을 누르는 순간 류는 숨을 멈추었다. 모든 증오를 태워버리기 위해 집게손가락으로 버튼을 누르던 때처럼.

"여보세요," 그가 입을 뗐다. "음, 별일 없죠? 그렇지는 않고…… 일이 너무 많았어요."

그의 손에 쥐어진 작은 휴대폰 밖으로 귀에 선 목소리가 새어나왔다. 류는 그 소리를 놓치지 않기 위해 눈을 감았다. 그때서야 류는 자신이 과거로 거슬러온 진짜 이유가 무엇이었는지 깨닫게 되었다. 비로소 자기 자신을 이해할 수 있었다.

"정말 아무 일 없어요. 아니, 그날 아침에 내가 했던 말, 그건 진심이 아니었어요. 그럼 됐어요. 언제 들어갈 수 있을지는 모르겠네. 기다리지 마요. 그래요."

저쪽에서 건너오는 짧은 인사가 끝나고, 그가 테이블 앞으로 되돌아와 앉았다. 통화가 끝났는데도 류의 귓속에서는 전화기 바깥으로 흘러나오던 목소리가 윙 윙 윙 울려댔다.

"기다려줘서 고마워요. 마음이 한결 편안하네. 진작 이랬으면…… 어째서 마지막이란 걸 알고 나서야 용기가 날까요. 이젠 무슨 일이 일어난대도, 아무래도 괜찮아. 나같이 하찮은 인간 때문에 세계가 끝나버린다니, 말도 안 되는 일이죠."

그가 앞니를 드러내고 웃었다.

"자, 이제 죽여도 돼요. 죽여요."

그가 낡은 의자 등받이에 등을 깊이 묻자 뽀드득, 하는 소리가 새나왔다.

"하아……"

류는 손바닥으로 얼굴을 감싸쥐었다. 귓속으로 기계음과 목소리들이 빠르게 섞여들어왔다. 류는 그것을 어떤 식으로 해석해야 할지 몰라 몇 번이고 되돌려 들어야 했다.

*

"모든 일이 끝난 것 같군요."

한동안의 침묵 끝에 류가 입을 열었다. 지친 목소리가 탁하게 갈라졌다.

"난 아직 안 죽었는데요? 벌써 죽었나요? 내가?"

그의 흰자위도 벌겋게 충혈돼 있었다.

"죽지 않아도 됩니다."

"왜요?"

"세계가 변했으니까요."

"변해요? 세계가?"

"미래에서 전갈이 왔습니다. 어찌된 일인지 나도 확인해봐야겠습니다만, 오 분 전에 예상하지 못한 일이 일어났어요. 오 분 전을 분기점으로 또하나의 세계가 막 생겨났습니다. 아무것도 붕괴되지 않은 세계, 내가 버튼을 누르지 않은 세계가 생겨났다는 겁니다. 우리는 지금 그 속에 있어요. 다른 세계가 시작되는 지점에."

"……"

"새로운 세계에서는 내가 버튼을 누르는 일이 없습니다. 나는 세계를 저주하는 외톨이도, 아버지를 증오하는 아들도 아닙니다. 나는 기계로 꽉 찬 연구실이 아니라 햇볕이 잘 드는 부엌에서 엄마가 만들어 준 볶음밥을 먹었습니다. 어른이 된 나는 다른 인생을 살고 있어요. 내가 조금은 다른 삶을 사는 세계가 생성됐습니다."

"어떻게 그럴 수 있죠? 난 안 죽었는데."

"당신의 전화가 그걸 만들었습니다."

"전화? 전화 때문이라고요?"

"예, 나도 상상하지 못한 일이었습니다만. 당신을 없애서 다른 세계를 만들려고 했는데, 그럴 필요가 없어졌습니다. 그 전화로, 당신의 짧은 대화로 이미 모든 게 달라졌어요."

"당신이 떠나온 미래는……"

"그곳은, 그대로 흘러가겠지요. 아무것도 달라지지 않은, 어둠 이후의 세계 그대로."

"그 세계를 변화시킬 방법은 역시 없겠죠."

"세계의 바깥에는 없겠죠. 어떻든 망가진 세계 안에서 찾을 수밖에요. 온전한 또하나의 세계가 존재한다는 사실만이 유일한 희망일 수도 있겠지만요. 나는 원래의 자리로 돌아갑니다. 원죄가 그대로 남아 있어요."

류는 미래를 떠나온 뒤 처음으로 가짜가 아닌 미소를 지어 보였다. 그런데 그가, 자신의 아버지였던 남자가 어째서 딱딱한 로봇처럼 고

독한 얼굴을 하고 있는지 알 수 없다는 생각을 하면서. 의자에서 일어난 류는 유리 테이블 위에 넘어진 터미네이터를 집어 점퍼 주머니에 넣었다. 삐빅– 빽– 삐빅–. 먼 곳의 응답을 기약 없이 기다리는 메인 컴퓨터의 신호음이 울렸다. 그 고동 소리를 두 번 다시 못 듣게 되리란 사실을 깨닫자 류는 조금 슬퍼졌지만, 익숙하게 문을 열고 복도로 걸어나갔다.

약의 역사

*

나는 공항 출국장에서 비행기가 뜨길 기다릴 때마다 약을 샀다. 비타민제, 프로폴리스, 오메가3, 홍삼 같은 것들을. 무료해서이기도 했고 필요에 의해서이기도 했으며, 어쩌면 여행 마지막날의 피로를 풀어줄 거란 기대에서 시작된 습관일지도 몰랐다. 색조화장을 즐기지 않기에 다른 여자들처럼 화장품 코너에서 환율을 따져볼 필요는 없었다. 약의 종류가 다양하고 저렴한 홍콩 첵랍콕 공항을 경유할 때는 비타민제는 물론이고, 파스며 연고며 백화유까지 비닐백 가득 담아가지고 탑승을 했다. 나는 기내용 캐리어 지퍼를 열고 약병을 챙겨넣을 때 느끼는 안도감을 좋아했다. 당분이 높은 초콜릿 박스를 집어들 때 느낄 죄책감보다는 분명 나았다.

*

내가 태어나 처음 먹은 약이 무엇이었는지는 기억나지 않는다. 다만 두 살 무렵 자라를 끓여먹었다는 얘기는 들어서 알고 있었다. 푹 고아낸 자라의 등딱지를 떼어낸 다음 흐물흐물해진 살을 발라먹은 게 아니라 국물만 쭉 빨아마셨다고 한다. 숟가락질도 잘 못하는 아기가 맛있다고 먹었을 리는 없고, 약으로 먹었다. 약, 혹은 보양식.

어머니는 내가 어른이 된 후에도 몇 번 들통에 넣어 끓인 자라 이야기를 했다. 자고 나면 베개 위에 동그란 머리 모양으로 젖은 자국이 찍혀 있을 만큼 땀을 흘렸는데, 외할머니가 좋다는 말을 듣고 구해온 자라 덕에 나았다고. 자라를 대체 몇 마리나 사왔었냐고 물어봤지만, 그때마다 어머니도 외할머니도 말꼬리를 흐렸다.

"정말 몸이 약했어. 오죽했으면 작명소에서 이름에 이을 승承 자를 넣으라고 했겠니. 지금은 간신히 사람 꼴이 됐지."

자라가 컸냐고 물었더니 어머니는 왜 그런 걸 묻느냐는 표정으로 "작았어" 하고 작게 대답했다.

"그럼 새끼 자라였나? 국물 말고 건더기는 어떻게 했어요? 삶은 자라."

"모르지. 그런 걸 누가 먹겠니."

그런 걸 누가 먹느냐니. 건더기는 아니더라도 국물을 다 마신 두 살배기는 뭐란 말인가. 들통 속의 자라들은 제 몸을 쥐어짜 국물을 내고, 땀을 국물처럼 흘리던 아기는 땀을 멈춘다. 몸이 보송보송해졌다니 다행이지만 어쩐지 기묘한 기분이 들었다. 아무리 약이라고 해도 하필이면 자라라니. 한편으론 끓는 물에 오래 삶아져 기가 쪽 빠져나간 자라를 아버지가 먹었을지 모른다는 의심이 들었다.

초등학생 때였던가, 아버지 쪽 친척들과 어울려 사슴농장에 다녀온 휴일 오후를 드문드문 기억한다. 사이다 회사에서 사은품으로 받은 길쭉한 유리컵과 코카콜라 병, 그리고 "사슴피는 콜라에 타 마셔야지" 하고 외치던 큰아버지인지 누구인지 가늠할 수 없는 남자의 목소리. 그날 연둣빛 잔디가 깔린 우리집 앞마당은 동네 여자들이 모여 앉아 빈대떡을 부치는 시골 잔칫집처럼 시끄러웠다. 녹용, 보약, 생피 같은 단어들이 거친 웃음소리에 비벼졌다. 이상하게도 사슴피가 얼마나 빨갰는지는 떠오르지 않고 기대감에 잔뜩 흥분한 남자들의 목소리만 머릿속에 남았다. 소매에 묻어 오래 지워지지 않는 작은 핏자국처럼.

식탁 앞에 마주앉아 마늘을 편으로 썰던 어머니는 가스레인지 앞으로 옮겨갔다. 천장에 매달린 백열등의 수명이 얼마 남지 않았는지 부엌 안이 어두웠다. 들창 밖으론 2월의 해가 저문 지 오래였다. 전등을 갈지 않고 내버려두면 숨이 넘어가는 노인처럼 곧 깜박깜박 점멸할 거였다.

"쉬는 날, 오빠한테 등을 갈아달라고 해야겠어요."

"바쁜 사람한테 뭘. 등만 사오면 내가 갈지."

어머니는 조리대의 보조등을 켰다. 프라이팬 위에 마늘과 양송이버섯을 올려 올리브오일로 볶자, 독한 마늘 냄새와 기름내가 실내를 떠돌았다.

몇 해 전 환갑을 넘긴 어머니는 대학병원에서 경미한 당뇨와 역류성 식도염이라는 진단을 받았다. 폐경이 온 뒤로는 달맞이꽃 종자유로 만든 알약을 백화점 지하 매장에서 사오는 모양이었다. 아버지 역시 고혈압과 관절염 약을 먹었다. 철마다 보신으로 소꼬리와 사골을 보름씩 고아먹던 아버지는 언젠가부터 기름진 반찬은 냄새 맡기도 싫다고 말했다. 내가 먹으려고 식용유에 부쳐놓은 햄 덩어리를 보면 젓가락으로 접시를 밀어놓았다. 텔레비전 뉴스에서 구제역이며 조류독감이며 한참 시끄러웠던 후로는 아예 채식주의자가 되어버렸다. 아버지는 회사를 오빠에게 맡긴 채 반쯤 뒤로 물러나고부터 집에서 보내는 시간이 길어졌고, 식탁 위에 올라오는 음식에 더욱 까다롭게 굴었다. 밥상에는 유기농 먹거리를 유통하는 조합에서 구입한 채소와 버섯류로 조리한 반찬이 올라왔다. 냉장고 도어 칸에는 흑마늘 진액, 돌미나리즙, 석류액, 홍삼 절편이 꽂혀 있었다. 어머니와 아버지는 이제 그런 것이 당연하게 여겨지는 나이였다. 식탁 소금 통 옆에도, 텔레비전이 놓인 수납장 서랍에도, 안방 화장대 위에도 각종 약통과 연고들이 굴러다녔다. 개중엔 제조일이 오래된 제품도 적지 않았다.

언젠가 들은 바로는 노인성 질환으로 인한 약은 한번 먹기 시작한 이상 끊을 수 없다고 했다. 의사의 처방에 따라 약의 복용량을 조절하면서 생이 끝나기 전날까지 먹게 될 것이다. 최근 아버지가 먹는 알약만 해도 비타민제까지 포함해 하루 열 알 정도였다. 하루에 열 알이면 일 년에 삼천육백오십 알. 십 년이면 삼만육천오백 알이었다.

알록달록한 삼만육천오백 개의 알약을 쏟으면 욕조를 가득 채울 수 있을까? 수도꼭지로 온수를 틀어버리면 알약들은 각설탕처럼 천천히 천천히 녹아내리겠지.

"불을 꺼도 되겠어요."

나는 어머니에게 페퍼 밀을 건네며 참견했다. 마늘과 버섯을 태우면 곤란했다. 탄 음식을 많이 먹으면 암에 걸릴 위험이 높아진다고, 아버지는 누누이 말했다. 후추 탓인지 기름 냄새 탓인지 한동안 멎었던 기침이 목구멍 안쪽에서 터져나왔다.

콜록콜록 컹 컹 커엉 컹 컹.

기침이 반복될수록 개가 짖는 소리가 났다. 몸이 아프면 온몸의 감각이 곤충의 더듬이처럼 예민해졌다. 커피를 사 마시고 전동차를 갈아타는 도시인이란 느낌보다 콩팥과 대장과 티눈이 달린 동물이란 느낌이 앞서곤 했다.

컹 컹 커엉. 점점 개가 되는 기분이었다.

"오늘은 저녁상이 늦었네. 넌 기침하지 말고 들어가 누워."

가스레인지 후드의 환풍기를 틀자 위이이잉 하는 소음이 기침 소리와 음식 냄새를 한데 집어삼켰다.

"괜찮아요. 보름도 넘었는데 곧 낫겠죠."

나는 식탁 위에 놓인 화장지를 뽑아 코를 풀었다. 코를 풀고 보니 콧물에 붉은 피가 엉겨 있었다.

"검사는?"

"그냥 감기, 기관지염이래요. 신종플루는 아니고."

"뭐든 간에 쉬어야 낫지. 감기가 오래가도 너무 오래가네. 약은 제대로 먹고 있지?"

나는 뜸들이는 압력밥솥에서 나는 밥냄새를 맡으며 부엌 밖으로 나왔다. 아버지와 어머니는 소화가 잘 되지 않는다고 진밥을 해먹기에 나는 따로 소형 전기밥솥에 고들고들한 된밥을 해먹었다. 원래 밥상을 같이 차리는 경우도 드물지만, 내가 기침을 심하게 하기 시작한 뒤로 아버지는 식사시간 외엔 안방 밖으로 거의 나오지 않았다. 거실 소파에 앉아 조간신문을 읽거나 텔레비전을 보는 일도 없었다. 삐걱삐걱 이층으로 올라가는 계단을 밟을 때 안방 문이 열리는 소리가 들렸다. 문틀이 낡아서 아래로 조금 주저앉은 문짝이 문지방을 거칠게 긁어내는 소음은 여전히 귀에 거슬렸다.

*

안방에 침대 대신 약장을 들여놓은 사람을 본 건 섭이 처음이었다. 어머니를 따라 침을 맞거나 보약을 지으러 간 한의원에서 본 한약장이 섭의 자췻집에 놓여 있었다. 셀 수 없이 많은 서랍이 주머니처럼 달린, 미송으로 짠 약장이었다. 아직 한의사는 아니지만 한두 해 지나면 섭도 한의사가 될 예정이니 따지고 보면 그렇게 이상한 경우는 아니었다.

마스크 대신 털목도리로 목덜미부터 코밑까지 둘둘 감고 반 발짝쯤 뒤에서 섭을 따라가고 있을 때, 횡단보도 건너편에서 그를 부르는 사람들이 있었다. 그의 학교 앞이고, 섭을 형이라 부르는 것으로 보아 과 후배들이거나 동기들인 눈치였다. 섭은 삼수 끝에 생물학과를 다니다가 군에 갔다 와서 다시 수능시험을 쳤고, 남들보다 늦게 한의대에 입학했다. 한의대에는 한참 직장생활을 하다가 대학으로 돌아온 사람들이 적지 않다지만 대개의 동기들은 섭보다 나이가 어렸다.

길을 건너온 뿔테안경 남학생은 몇 발자국 떨어져 있는 나를 흘끔 쳐다보곤 섭에게 어디 가는 길이냐고 물었다. 방학인데 요즘 뭘 하고 사냐고도 물었다.

"고향 친구가 상을 당해서 다녀오는 길이야."

"상갓집이요?"

"어."

"그럼 오늘은 약 지으면 안 되겠네요."

"그렇지."

"누구……?"

뿔테안경이 내 쪽을 쳐다보며 어색하게 웃었다.

"어, 친한 후배. 감기약 지어놓은 게 있어서 좀 가져가라고."

그들이 해장국집 입간판 옆에 서서 이런저런 대화를 나누는 동안 나는 벙어리장갑만 맞비볐다. 이제 곧 3월이라지만 옷 틈으로 파고드는 바람은 쉽게 기가 죽지 않았다. 떨어질 듯 떨어질 듯 떨어지지 않는 질긴 감기를 닮았다. 지구는 점점 온난해지는 중이 아니라 수명이 다해 몸이 식어가는 중인 듯싶었다. 나는 장갑 낀 손바닥으로 입을 막고 컹 컹 커엉 컹 컹 기침을 했다.

"진짜 감기신가봐요?"

뿔테안경 너머의 작은 눈동자와 눈길이 마주쳤다.

그럼 감기가 진짜 감기지 가짜 감기도 있냐? 나는 속으로 미친놈, 너 때문에 추워 죽을 지경인 거 안 보여, 하고 중얼거렸다. 나 지금 열이 오르고 있다고.

섭은 남학생에게 개강이 얼마 남지 않았으니 개강하면 애들이랑 술 한잔 하자며 어깨를 두드렸다. 그는 방학 동안 강남의 유명 한의원에서 일을 거들며 원장 노인에게 약 짓는 법을 배우고 있지만, 그것에 대해서는 일절 말하지 않았다. 남학생은 가볍게 손을 흔들고 건너편 일행에게로 뛰어갔다.

"장례식 갔다 오면 한약 못 지어?"

나는 해장국집 탁자 앞에 앉아 콩나물해장국이 나오길 기다리다 물었다. 밥보다 먼저 나온 오징어젓갈을 한 젓가락 맨입에 넣었더니 짰다.

"어, 원래 그래."

"무슨 부정 타? 젊은 사람들이 미신을 믿어?"

"뭐가 미신이야?"

섭이 불쾌하다는 표정으로 빨간 깍두기를 으드득 베물었다. 알지도 못하는 영문과 대학원생이 대한민국 한의대생의 자존심과 권위를 깎아내리기라도 했다는 듯.

나는 아니 뭐 사고방식이 고리타분한 건 사실이잖아, 그리고 아직 졸업도 하지 않았으면서 왜 벌써 약을 지어서 팔고 그래, 선생님한테 물어봐서 지었다면 다야, 학생한테서 약을 사먹는 사람들은 또 뭐야…… 등등의 말을 하려다 그만두었다. 그가 지어놓았다는 감기약을 안 받아갈 생각은 아니기 때문이었다. 공짜 약을 마다할 이유가 어디 있단 말인가. 그동안 그에게서 얻어간 약만 해도 체질 개선용 탕약, 소화제용 환약, 오빠가 먹어버린 경옥고 등 한두 가지가 아니었다. 그를 알게 된 뒤로도 나는 늘 어딘가 아팠고, 그래서 섭이, 아니 약이 필요했다. 물론, 먹어서 확실한 효과를 본 적은 없었다. 돌팔이가 지어준 약이라 듣지 않는다기보다, 무슨 약을 먹으나 매한가지였다. 하지만 아무 약도 먹지 않는 편보단 나았다. 나는 그것으로 족했다.

식당 아주머니가 조심하라고 호들갑스럽게 외치며 김이 풀풀 올라오는 뚝배기를 내려놓았다. 섭의 얼굴이 순간 순해졌다. 그는 뚝배기를 내 앞으로 바짝 밀었다.

"얼른 먹어. 먹는 게 약이야."

*

외할머니의 베개 머리맡에는 언제나 납작한 종이갑이 놓여 있었다. 어릴 적 외할머니는 초코파이와 종합선물세트를 사가지고 우리집에 오곤 했는데, 그때마다 이층 내 방에서 요를 펴고 같이 잤다. 이불을 덮고 누워 있다가 바스락 소리에 눈을 떠보면 외할머니가 컴컴한 어둠 속에서 종이갑 안에 든 뭔가를 꺼내 먹고 있었다. 나는 외할머니가 웅크리고 앉아 뭘 먹었을까, 뭘 혼자만 먹었을까 오래도록 궁금해하다 잠이 들었다. 그런 밤이면 이불 밖으로 손도 발도 나오지 않게 꽁꽁 싸매고 자는 바람에 나쁜 꿈을 꾸었다. 〈전설의 고향〉에서 사람 간을 빼먹은 늙은 여우가 내 발을 잡아당기지 못하게, 땀이 줄줄 흘러도 이불 가장자리를 단단히 봉하고 잠을 청했다.

가갸거겨. 엄마. 아빠. 우리집. 유치원에 들어가 글자를 익히기 시작하면서 나는 종이갑 위에 쓰인 글씨를 읽을 수 있게 되었다.

뇌신.

나는 백, 설, 공, 주, 하고 어른 앞에서 동화책 표지를 읽어 보이듯 또박또박 소리냈다.

뇌, 신.

뇌신은 왠지 별, 달, 구름, 솜사탕과 다른 말 같았다. 어른들의 말 같았다.

나는 조그만 손을 꼬물거리다가 조심스럽게 종이갑 뚜껑을 열었다. 겁이 나서 속에 든 것을 바로 꺼내볼 수는 없었다. 상자에 그려진 사람 머리가 무서워 보인 탓이었다. 그 머리 모양은 "애들은 일찍 자야 한다" "애들은 어른 말에 말대꾸하지 않는 법이다"라고 할 때의 아버지 같았다.

나는 종이갑을 한참 만지작거리다 손가락을 넣어 내용물을 끄집어냈다. 작은 비닐봉투 안에 접힌 종이가 가득 들어 있었다. 비닐을 열고 납작하게 접힌 흰 종이를 한 개 꺼내보았다. 동네 소아과 병원에서 타먹은 가루약 봉지와 같은 모양이었다. 내가 콧물 흘릴 때, 배 아플 때마다 먹는 약과 똑같다니. 갑자기 시시하다는 생각이 들었다. 약종이를 살짝 펼쳤더니 역시 하얀 가루가 들어 있었다.

나는 약 가루를 살펴본 다음 종이가 원래 접혀 있던 대로 색종이 접듯 접었다. 한번 잘못 접어서 다시 펼친 뒤 접다보니 노란 장판 위에 흰 가루가 설탕처럼 떨어져 있었다. 집게손가락에 침을 묻혀 방바닥 위에 떨어진 가루를 찍어먹어봤다. 혓바닥이 썼다. 아주 썼다.

"그래서 그때, 외할머니도 매일 어지럽고 배가 아픈가 궁금했지."

나는 섭에게 말했다. 그는 안방 약장 앞에 길게 엎드리고, 나는 그 반대편 벽 쪽에 담요를 덮고 반듯이 누워 있었다. 웃풍이 심한 방이라 왼쪽 뺨으로 한기가 느껴졌다. 내가 천장 벽지의 꽃무늬를 하나하나 눈으로 훑으며 이야기하는 동안 섭은 거의 아무 말도 하지 않았다. 그래서 나는 다른 누구보다 그에게 이야기하는 게 편했다.

"귤 사다 놨는데, 먹을래?"

그의 말에 나는 머리를 오른편으로 돌렸다. 엎드려 있던 섭이 부스스 몸을 일으켰다.

"그래, 한 개만."

섭은 마루로 나가 귤이 든 검은 비닐봉지를 들고 들어왔다. 모로 누운 내 머리맡에 귤 세 알을 내려놓고, 약장에 기대앉아 귤껍질을 깠다.

나는 알맹이가 터지지 않게 조심스레 귤껍질을 까는 섭의 손가락을 쳐다보았다. 그의 손 안쪽은 차가울까 뜨거울까. 담요를 코밑까지 끌어당겼다. 담요에서 나는 약간 퀴퀴한 동물성의 냄새를 맡으며 이게 섭의 냄새인가, 하고 생각했다.

섭은 팔을 길게 뻗어 껍질 깐 귤 두 알 중 한 알을 내밀었다. 나도 담요를 들추고 몸을 일으켜 오른팔을 내밀었다. 그의 손안에서 찬기가 조금 가신 귤 알맹이가 내 손바닥으로 옮겨왔다. 문득 저녁에 길에서 만난 남학생에게 그가 한 말이 떠올랐다. 친한 후배, 라고.

"귤이 얼었다 녹았나봐."

섭이 말했다.

나는 껍질 벗긴 귤을 한 조각 입에 넣었다.

"상관없어. 단데."

"달아? 난 좀 밍밍한데."

"이 정도면 달지."

친한 후배, 라는 말은 잘못되지 않았다. 그가 나보다 두 살 많으니 친구라는 호칭도 맞지 않고, 사귄다고 말하기도 곤란한 사이였다. 나는 그의 대학 후배도 과 후배도 아니었지만, 친한 후배라거나 아는 후배라는 말이 가장 부담스럽지 않게 들렸다. 우리는 오랫동안 각자의 가족에 대해, 읽고 있는 책에 대해, 그리고 어린 시절에 대해 긴 이야기를 나누었다. 그러나 서로의 손을 잡아본 적은 없었다.

섭은 약장에 기대어, 나는 웃풍이 센 벽에 등을 대고 귤을 먹었다. 나는 이것이 그와 나의 영원히 좁혀지지 않을 거리, 같은 거라고 생각했다. 그리고 그걸 또 한번 확인하는 느낌이 쓸쓸하면서도 편안했다. 나는 어느 누구의 손도 잡고 싶지 않았다.

벽의 찬 기운이 등으로 올라앉자 기침이 났다. 외할머니 이야기를 한참 해서 목에 무리가 왔는지도 몰랐다.

컹 컹 커엉. 커어엉.

목 안쪽이 아니라 몸 깊숙한 곳에서 곪아터진 무엇이 치받쳐 올라오는 느낌이었다.

"나 이러다 죽나?"

"죽기는. 너 같은 사람이 더 오래 살아. 쭈그렁밤송이 삼 년 간다는 말도 몰라?"

"그건 또 뭐야? 매일 영감 같은 소리."

섭이 뜨거운 차를 마시겠느냐고 물었다. 나는 커엉 컹 기침을 하면서 고개를 끄덕였다. 이윽고 마루에서 달각달각 찻물을 올리는 소리가 들려왔다.

그와 나는 늘 이런 식이었다. 내가 아프다고 말하면 그가 약을 지어주고, 그가 약을 지어주면 나는 그것을 받아먹었다. 나는 이런 관계가 좋았다. 그가 소양인이고 내가 소음인이라 서로 잘 맞는다고 섭이 말한 적이 있었다. 그의 말이 아주 틀리지는 않는 것 같았다. 그러나 내가 아프지 않다면, 약이 필요하지 않다면, 어떤 이유로 그를 만나게 될까.

어느 날 밤, 섭은 약장 앞에 앉아 작두로 약재를 썰고, 나는 벽에 기대앉아 꽁꽁 언 아이스크림을 혓바닥으로 핥아먹었다. 섭이 내 체질에 아이스크림이 맞지 않는다고 말해서, 나쁜 것만 먹고 빨리 죽어버려야지, 부러 성질을 부렸던가. 아무래도 그날이 섭이 자신의 이야기를 들려주었던 밤인 듯싶다. 중학생이 되자마자 저 먼 시골에서 서울로 혼자 올라와 지낸 방과, 그 집에서 우연히 엿본 광경과, 그때 느꼈던 두려움 비슷한 것에 대해.

"하지만 남자들은 다 그런 걸 좋아하잖아. 좋아 죽잖아. 싫어한다면 정상이 아니지."

"싫다는 말이 아냐."

"그럼 뭔데?"

"안 싫어. 그런 얘기가 아냐. 난 아주 건강한 남자야. 아무 이상 없다고. 그냥…… 좀 부정적인 감정을 가졌었다는 것뿐이야, 옛날에."

내가 섭의 얼굴을 빤히 쳐다보자, 그는 짐짓 장난스런 말투로 대꾸했다.

"왜, 우리 야동이라도 볼까?"

섭은 자기가 말하고 자기가 웃었다. 그리고 컴퓨터 전원을 켜 음악을 틀었다. 컴퓨터에 연결된 스피커에서 흘러나오는 전자 기타 음은 섭이 작두질하는 소리까지 탐욕스럽게 삼켰다. 그는 컬렉티브 소울 Collective Soul의 노래를 흥얼흥얼 따라 부르며 감초인지 당귀인지 알 수 없는 약재를 썰었다. 또각또각 또각. 약을 짓기 위해 작업을 했다.

그날 나는 버스 맨 뒷자리에 앉아 집으로 돌아오면서 많은 것을 떠올렸다. 어릴 적 동네 미용실에 머리를 자르러 갈 때마다 훔쳐보았던 낡은 여성잡지 뒤쪽의 질문과 답변들. 어린 섭이 느꼈을 흥분과 공포를 내가 완전히 이해할 수 없었듯, 섭 역시 그것들을 이해하지 못할 테다.

Q1. 직장 상사가 저녁을 먹자고 했는데…… 병원에 가보았더니 임신이라고 합니다…… 저는 앞으로 어떻게 해야 할까요?

Q2. 남자친구와 만날 때마다 관계를 하고 있어요…… 피임약은 먹고 싶지 않아 도중에……

Q3. 대학생 과외 선생님을 좋아하고 있습니다…… 그런데 어느 날 선생님이 제 가슴을 만졌어요……

종이로 눈 코 입을 가린, 두툼한 여성잡지 뒤에 숨어 몰래 질문을 띄우는 익명의 독자들. 얼굴을 가린 떨리는 목소리들.

어머니는 언제나 "학생에겐 단발머리가 제일 깔끔해"라고 말했고, 그래서 나는 미용실에 자주 들렀다. Q/A의 작은 목소리들은 단발머리 여중생의 납작한 뱃속에서 뼈와 살이 붙어 '남자 어른=짐승'이란 공식으로 잉태되었다. 직장 상사의 자가용을 얻어 타거나 저녁을 함께 먹으면 강간을 당한다. 과외 선생님과 집안에 단둘이 있으면 강간을 당한다. 남자가 술을 먹자고 해서 주는 대로 마시면 강간을 당한다. 오빠 친구가 상냥하게 군다고 해서 따르면 강간을 당한다. 미니스커트를 입고 밤에 돌아다니면 강간을 당한다. 임신을 했다고 애인에게 말하면 버림을 받는다. 첫날밤 과거가 있냐고 넌지시 물어서 그렇다고 고백하면 버림을 받는다. 고문 앞에 굴하지 않고 유혹당하지 않는 독립투사처럼, 그런 일은 절대 없었노라고 단언해야 한다.

어머니는 내가 미용실에 갔다가 현관으로 들어설 때마다 이렇게 말하곤 했다.

"어디 한번 돌아보렴. 뒤로 돌아봐. 거봐, 머리를 자르니 깔끔하잖니. 그런데 바지가 너무 끼지 않니?"

이런 기억들을 만약 섭에게 들려주면 뭐라고 말을 할까. 그의 이야기를 들은 내가 핀잔주었듯 조금 이상한 일이라고 할까. 하지만 그럴 일은 없다. 나는 섭에게도, 누구에게도 이야기를 들려주지 않을 테니. 나는 아주 오래전, 그 모든 일을 매끄러운 알약 캡슐에 넣어 꿀꺽 삼켜 버렸다.

또한 나는 섭의 손을 잡아본 일이 없는 것처럼, 아버지의 손을 잡아본 기억이 없다는 사실을 누구에게도 발설하지 않을 작정이다.

*

외할머니는 동물 모양의 씹어먹는 비타민을 오빠와 내 입안에 넣어주고 우리를 동네 놀이터에 데리고 갔다. 외할머니는 비타민을 줄 때마다 그걸 먹으면 앞으로 감기에 걸리지 않을 거라 말했다. 가슴이 답답하다고 칭얼대면 구심이란 쥐똥 같은 알약을 입에 넣어줬고, 배가 아프다면 안방 약상자에서 훼스탈이나 정로환을 꺼내줬다. 종아리가 아픈 날은 안티푸라민을, 넘어져서 무릎에서 피가 날 때는 '아까찡기', 혹은 '빨간약'이라 부르는 머큐로크롬을 발라주었다. 나는 일곱

살이 되어서도 놀이터에 나갈 때마다 넘어져 종종 무릎보호대를 했다. 외할머니와 어머니는 부엌에서 반찬을 만들며 애가 다리에 힘이 없어 자꾸 넘어지는가보다고 수군댔다. 녹용도 먹일 만큼 먹였는데 왜 그런지 모르겠다, 용하다는 한의원이 있는데 거기라도 데려가볼까, 하고 이야기를 나누었다.

동네 놀이터에는 아이들이 거의 없었다. 외할머니가 밖으로 데리고 나가는 날이 휴일이 아니었기 때문인지 모르겠다. 토요일이나 일요일에는 외할머니가 집에 없었다. 늘 그랬다. 오빠는 멀찍이서 또래 남자아이 하나와 딱지치기하는 데 빠져 있었다. 날씨는 맑고 따뜻했던 것 같다. 아니, 사실 그런 광경까지는 선명하게 기억이 나지 않았다. 단지 떠오르는 건 내가 그네에 앉아 있었고, 역시 내 또래의 여자아이를 데려온 여자와 외할머니가 그네 옆에 앉아 오래 이야기 나누었다는 사실뿐이다.

애들 엄마가 죽고 싶대요. 그런데 애들이 있어 죽지 못하고 산답니다. 네, 애들이 너무 예쁘지요.

나는 그네를 구르지 않고 발판에 가만히 앉아 모래밭을 내려다보았다. 모래 틈에서 작고 반짝이는 유릿조각이 눈에 띄었다. 색으로 봐선 깨진 사이다병 조각 같았다. 외할머니는 낯선 아주머니와 대화를 나누느라 정신이 팔려 있었다. 나는 운동화 바닥을 땅에 댄 채 엉덩이를 움직여보았다. 발판이 움직이자 그네를 묶어놓은 낡은 쇠사슬이 끼익 끼익 듣기 싫은 소리를 냈다. 외할머니는 그네를 탈 때마다 조심해야 한다고 당부했었다. 발판을 너무 세게 구르면 그네가 높이 올라가 몸이 뚝 떨어질 수 있다고. 나는 발판을 구를 때마다 하늘 높이 솟아

오르는 그네를 상상했다. 어김없이, 발판에서 땅 위로 뚝 떨어지는 내 모습도. 그러나 나는 발을 살살 굴렀기에 실제로 그네에서 떨어진 적은 한 번도 없었다.

나이도 어린 계집아이가 아주 맹랑한 거예요. 그럼요, 자식이 있으니 어떡하든 살아야 하지 않겠어요.

"할머니……"

외할머니는 내가 부르는 소리를 듣지 못했다. 그네에서 내려와 모래 위에 쪼그려앉았다. 평평하고 부드러운 땅바닥을 돌멩이로 파내려가자 모래 밑에서 검은 흙이 나왔다. 나는 돌멩이로 흙을 계속 팠다. 흙은 너무 검어서 아주 써 보였다.

외할머니는 늘상 약은 써야 듣는다고 말했다. 내가 콧물을 흘릴 때마다 병원에서 받아온 가루약을 밥숟가락으로 뜬 설탕물에 살살 타 먹여주었다. 약 탄 물을 입에 물고 울려고 하면 쓰지 않으면 약이 아니라면서 땅콩 부스러기가 박힌 알사탕을 까주곤 했다.

"약 삼키면 할머니가 사탕 주지."

나는 집게손가락에 침을 묻혀 새카만 흙을 찍어먹었다. 쓰고, 살짝 시큼한 맛이 났다. 흙을 조금 집어 손바닥에 올려놓고 들여다보다가 가루약처럼 입안에 털어넣었다. 나도 모르게 어헝, 울음이 터졌다. 울음소리를 들은 외할머니가 급하게 뛰어와 안아주었다.

그날 저녁, 나는 자꾸 오줌이 마려워 화장실을 들락거렸다. 오줌은 나오지 않는데 이상하게 오줌이 마려워 죽을 것 같았다. 양변기 위에 앉아 외할머니에게 말했더니 애들은 자라느라고 그렇댔다. 곧 나을 테니 괜찮다고. 어른에게서 자라느라 그렇다는 말을 듣자 마음이 놓였다.

나는 쫄쫄이 바지를 추켜올리고 이층 방으로 올라와 겨울 내복을 넣어둔 서랍을 열었다. 옆으로 기다란 서랍 오른편에서 숨겨둔 귤과 소보로빵과 마른오징어 대가리가 괴상한 냄새를 풍기고 있었다. 그것들을 방바닥에 죄다 꺼내놓고 서랍 안 깊숙이 손을 넣었다. 사촌언니가 집에 놀러왔을 때 접어준 종이학 두 마리와 밀크캐러멜 한 상자가 손에 잡혔다. 나는 노란 캐러멜 상자 안에서 종이학처럼 착착 접힌 약종이를 꺼내 펼쳐보았다. 외할머니의 약상자에는 약이 너무 많이 들어서 내가 훔쳐먹어도 알지 못할 거였다. 네모난 종이 위의 보드라운 가루를 침 묻힌 손가락으로 콕 찍어먹었다.

나도 외할머니처럼 곧 나을 거라 믿었다.

*

나는 아직 서른 살도 되지 않았지만, 벌써 오래전에 늙어버린 기분이라고 말했다.

"잠깐 나올래? 저녁 아직 못 먹었는데. 김치찌개 잘하는 집 발견했어. 돼지고기가 진짜 수북해."

섭은 내가 한 말에 대해서는 대꾸도 없이 딴소리만 했다.

"나 아직 기침이 안 나았어. 낫기는커녕 심해지고 있어. 머리도 멍하고. 이번 겨울엔 논문 마쳐야 하는데 이게 뭐야. 다 개판이야. 지겨워죽겠어."

불쑥 전화를 걸어 해장국, 생선구이 백반, 돼지 껍데기, 곱창전골을 나눠 먹는 사이는 이제 지겨웠다. 그러나 떨어지지 않는 감기보다 그게 더 지겹다는 말은 하지 않았다. 나는 수화기 저편에서 건너오는 건조하고 느린 목소리를 들으며, 미리 예약을 잡아놓은 식당에서 누군가와 마주앉아 스테이크와 와인을 나누어 먹는 저녁을 상상해봤다. 자라 국물이나 뇌신, 티눈고, 멀미약 따위는 절대 입에 올리지 않고, 세상에서 가장 듣기 좋은 말만 골라 조곤조곤 들려주는 사이를.

그런 저녁, 내 건너편 의자에 앉아 있을 누군가의 얼굴을 떠올려보았다. 섭은 아니었다. 그렇다고 그 얼굴이 분명하게 그려지지도 않았다. 그것은 눈썹도 코도 입도 없이, 뜨거운 물에 삶아 까놓은 하얀 달걀 같은 얼굴이었다.

컹, 컹, 커엉, 커엉. 커어어엉.

내가 기침을 반복하는데도 섭은 좀처럼 전화를 끊지 않았다. 섭에게 밥 먹으러 가야 하지 않냐고 물었더니 저녁은 조금 있다가 먹어도 된다고 대답했다.

"내가 준 약은 먹고 있니?"

"약 먹어도 소용없어. 약을 너무 먹어서 듣지도 않아."

전화를 끊기 전에 섭은 고향에 사는 부모님과 통화를 했다고 전했다. 나는 그의 목소리를 들으며 잘된 일이잖아, 안 좋게 생각할 일이 뭐 있어, 어머니 말씀처럼 잘 생각해봐봐, 하고 말했다.

"그런가. 난 잘 모르겠어. 머리가 아프다."

전화를 끊고 두툼한 누비이불을 덮었다. 몸을 똑바로 눕히자마자 기침이 터져나왔다. 나는 몸을 모로 눕혀 잔뜩 웅크린 채 방금 들은 말을 복기하듯 한마디 한마디 떠올려봤다. 섭의 어머니가 다니는 교회의 신실한 여대생. 집장사를 한다는 여대생의 아버지. 한의원을 차릴 현금 이억. 섭을 향한 그의 어머니의 기도.

섭이 다시 이야기를 꺼낸다 해도 나는 "잘된 일이야"라는 말밖에 할 수 없었다. 그는 기대를 저버리지 못할 사람이므로. 앞으로도 그에겐 나쁜 일보다 좋은 일이 더 많이 일어날 거였다.

기침이 좀처럼 멎지 않아 침대에서 몸을 일으켰다. 섭이 빈 비타민 통에 덜어준 결명자라도 주전자로 우려봐야겠다는 생각이 들었다. 뜨거운 결명자차를 마시고, 독한 약을 삼키면 기침이 잠시 멎을지도 몰랐다.

컹컹 커엉 커어어어어엉.

기침과 함께 목구멍에서 물컹한 덩어리가 넘어오는 느낌에 화장지를 서너 장 뽑았다. 순간, 기침이 딱 멈췄다. 화장지를 펼쳐 턱밑에 대고 입안에 든 이물을 퉤퉤 뱉어냈다. 목 안쪽에서 넘어온 게 뭔지 알 수 없어 하얀 화장지를 가만히 들여다봤다. 축축하게 침에 엉긴 거무죽죽한 것을 집게손가락으로 문질렀다. 이상했다.

흙, 그것은 검은 흙이었다.

나는 화장지로 싼 흙을 휴지통에 던져넣고, 약을 넣어둔 옷장 서랍을 열었다. 서랍 안에는 감기약, 종합비타민제, 칼슘 보충제, 홍삼 환, 일회용 밴드, 우황청심환, 알레르기용 연고, 비염 스프레이, 인공 눈물, 마이신, 호랑이 연고, 아스피린, 훼스탈, 타이레놀, 지르텍 등이 가지런히 정리되어 있었다.

나는 가스활명수 뚜껑을 따서 이물감이 남은 입안을 헹구었다. 그다음 무슨 약을 먹으면 좋을지 궁리했지만, 알 수가 없었다. 옛날에 외할머니의 머리맡에 놓여 있던 가루약을 삼킨다면 분명히 나을 것 같은데, 그것만은 서랍 안에 없었다. 내가 전화를 걸어 죽어가고 있다는 말을 하면 섭은 뭐라고 대답할까. 서랍에서 마이신 네 알을 꺼내 병에 반쯤 남은 소화제와 함께 입안에 털어넣었다. 그동안 삼킨 것보다 더 독한, 다른 약이 필요했다.

"나야……"

섭은 전화를 바로 받았다.

"왜 그래? 무슨 일 있어?"

전화를 받지 않으면 죽어버리려 했다는, 그런 말은 하지 않았다. 하지만 그는 의사라서 그런지 아프다고 말하지 않아도 내가 아픈 줄 아는 목소리였다.

나는 건너편까지 다다를 수 있을지 알 수 없는 작은 목소리로 그에게 말했다.

"나, 약이 필요해, 약."

내가 쥐어짜낸 말을 들었는지 못 들었는지 건너편에서는 아무 소리도 들리지 않았다. 거기 있어? 내 말 듣고 있어? 다그치고 싶었지만 그러지 못했다. 섭은 무슨 까닭인지 전화를 끊지도 말하지도 않고 가만가만히 울음소리를 듣고만 있었다.

그래서 나는 조금 더 울어도 될 것 같았다.

호적戶籍을 읽다

2007년 6월, 성북구청에 가서 호적등본을 뗀 적이 있다. 호적등본 대신 가족관계등록부를 발급하는 제도가 생기기 전의 일이었다. 미국 비자를 신청하려면 재정 상태를 증명할 수 있는 몇 가지 서류 외에 호적등본이 필요하다고 비자 대행업체의 사장이 알려준 까닭이었다.

비자 대행업체의 사장은 직장도 없고, 미혼인데다, 예금 잔고도 얼마 안 된다는 내 신상정보에 난감해하는 눈치였다. 전화 통화라 얼굴은 볼 수 없지만 목소리만으로도 알 수 있었다. 그는 그렇지만, 그렇다고 해서 비자를 절대 받을 수 없다는 얘기는 아니라고 우물쭈물 말했다. 소득이 적더라도 세무서에 가서 지난해까지의 소득금액증명원을 떼고, 올해 받은 기타소득 원천징수영수증 사본 등을 챙기라고 설명해주었다. 비자발급신청서는 자기가 이메일로 보내주는 서류에 빈칸을 채우면 된다고 했다. 대사관 인터뷰도 빨리 할 수 있도록 날짜를 잡아줄 테니 어렵지 않을 거라고. 대행료를 입금할 은행 계좌번호도

빠뜨리지 않고 불러주었다. 나는 그가 알려주는 서류 이름들이 생경해서 몇 번이나 확인한 뒤 물었다.

“비자를 받지 못하면 대행료를 돌려주시나요?”

“아니죠. 우린 비자 받기 전까지만 도와드리는 겁니다. 뒷일은 우리도 모르죠.”

그의 말이 아주 당황스럽지는 않았다. 누구에게 주워들은 말대로 아버지를 재정보증인으로 세운다면 확실하게 미국 비자를 받을 수 있겠지만, 애써 그렇게까지 하고 싶은 마음은 없었다. 나에게는 일찌감치 예약해둔 비행기 표도, 다급히 떠나야 할 목적도 없었으니까.

세종로 미국 대사관으로 인터뷰하러 나간 날은 아침부터 부슬비가 내렸다. 꼬리가 보이지 않을 만큼 길게 줄 선 사람들 틈으로 한 남자가 다가왔다. 그의 목소리로 대행업체 사장이란 걸 알 수 있었다.

“오늘 오후엔 인터뷰를 못한답니다. 그래서 오늘 줄이 장난이 아니게 기네요.”

내가 들고 있던 서류들을 건성으로 훑어본 그는 몇 가지 당부를 남기고 다른 고객을 찾아갔다. 내 앞의 앞에 서 있던 양복 입은 중년 남자 역시 대행업체 여직원과 대화를 나누고 있었다.

“아니, 이게 다 미국 가서 안 돌아올까봐 그러는 거 아녀? 나야 공무원에 준하는 신분인데, 뭐가 문제여? 불법체류할 사람도 아니고. 걍 애들이랑 집사람이랑 엘에이 쪽 관광하고 돌아올 텐데 뭐. 내 돈 쓰러 가는데 뭐가 문제겄어? 놀다 오겄다는데. 난 걱정 없시요.”

남자는 주위를 아랑곳하지 않고 목소리를 높였다.

“네, 그렇죠. 그래도 만에 하나 거부당하는 일 없게 만전을 기해야 하니까요. 제가 말씀드린 대로 외우셨지요? 그대로만 말씀하시면 돼요, 똑같이. 사모님한테도 다시 당부해주시고요."

"직장 없는 사람들이나 문제지 말여. 난 준공무원인데 뭐. 그게 무슨 소리겄어, 나라에서 신분을 보장했다는 말 아녀, 신분을."

남의 나라 대사관 담벼락에 달라붙어 감질나게 앞으로 움직이는 우산 행렬을 바라보고 있자니 이렇게 해서 꼭 미국행 관광 비자를 받아야 하나, 라는 의문이 들었다. 하지만 그만두고 돌아가기에는 여태껏 지불한 돈이 아까웠다. 그런데 과연 비자를 받을 수 있기는 할까? 몇 해 전, 직장이 없다는 이유로 신용카드 발급을 거부당한 일이 기억났다. 은행에서는 소설가를 실상 직업으로 간주하지 않으며, 신용카드를 만들기 위해서는 자유입출금 통장이 아니라 목돈을 넣어둔 예금 통장이 필요하다는 현실을 배웠다. 미혼이라고 밝혔는데도 은행원은 "남편이나 아버님은 안 계세요?" 하고 같은 말을 반복했다.

미 대사관 인터뷰장은 피란지를 찾아 떠나는 망명객들로 가득찬 선실 같았다. 각각 다른 종류의 비자를 받으러 온 사람들은 저마다 인터뷰 차례를 기다리며 긴장된 표정으로 앉거나 서 있었다. 맨 왼쪽 부스에서 인터뷰하는 금발머리 영사의 표정이 좋지 않았다. 그는 대학생으로 보이는 청년에게 같은 질문을 세번째 던졌다. 인터뷰 시간이 길어지는 것은 나쁜 신호라고, 나는 속으로 생각하며 준비한 서류들을 뒤적였다.

인터뷰 부스에서 나를 마주한 영사는 라틴계 미국인으로 보였다. 그는 부자연스러운 한국어이지만 통역 없이 비자의 목적을 물었다. 나는 준비해온 서류부터 앞으로 내밀었다.

"커트 보니것에 대한 책을 쓰려고요."

"커트 보니것?"

"예. 저는 글쓰는 일을 하는 사람인데, 인디애나폴리스에 가서 보니것에 대한 책을 쓸 계획이에요."

영사는 무표정한 얼굴로 투명 비닐 커버에 〈이웃집 토토로〉 스티커가 붙은 여권 낱장을 넘겼다.

"계약은 했어요?"

"예? 계약이요? 예, 했어요."

커트 보니것에 대한 책을 쓰겠다는 말은 거짓이었다. 한때 그의 소설을 좋아했고, 4월에 난 그의 부고 기사를 기억하고 있을 뿐이었다. 인디애나폴리스, 죽은 작가의 고향 인디애나폴리스는 모래 속에 묻혀 있던 낡은 지도 한구석 지명처럼 멀고 아득하게 느껴졌다.

"여행 잘 다녀오세요."

영사는 애써 준비한 서류들은 거들떠보지도 않고 여권을 가져갔다. 영사가 여행에 대한 인사말을 하며 여권을 가져가면 비자를 받을 수 있다던 말이 떠올랐다. 부끄러움을 무릅쓰고 소득금액증명원을 뗀 일이 허무할 만큼 인터뷰는 짧게 끝났다. 나는 잠시 플라스틱 의자에 앉아 흐트러진 서류들을 모으고, 젖은 우산을 챙겨 계단을 내려왔다.

그날 저녁, 텔레비전 뉴스에서는 미 대사관 담장을 따라 길게 늘어선 사람들의 모습을 보여주었다. 무슨 일인가 해서 볼륨을 높여보았더니 앞으로는 비자를 받지 않아도 미국에 갈 수 있다는 소식이었다. 며칠간 구청과 세무서를 왔다갔다한 일이 죄다 헛수고란 소리였다.

'내가 하는 일이 뭐 그렇지. 바보같이, 언제나 부질없는 짓만 하고

다니잖아.'

나는 뒤이어 흘러나오는 뉴스를 귀로 들으며 책상 위에 던져두었던, 귀퉁이가 비에 젖은 종이봉투 안에서 서류들을 끄집어냈다. 소득금액증명원은 처음 발급받아본 서류이고, 호적등본도 생소하긴 마찬가지였다. 대학을 졸업하고 직장에 들어갈 때 엄마에게 떼어다 달라는 부탁을 한 적이 있는지는 몰라도, 내용을 훑어본 적이 없는 건 분명했다. '호적등본(말소·제적된 자 포함)'이란 제목 아래에 과거 이력서를 쓸 때마다 본적 칸을 메웠던 익숙한 주소가 적혀 있었다.

서울특별시 마포구 하중동 ○○번지

그 아래쪽엔 호주인 아버지의 이름과 신고 사항이 칸칸이 쓰여 있었다. 나는 새로 구입한 휴대폰 설명서를 훑어보듯 흰 종이 위에 적힌 글자들을 읽어내려갔다.

〔호주상속일〕 1945년 05월 18일
〔호주상속사유〕 전호주 사망

단 두 줄의 기록은 아버지가 오랫동안 내 호주였음을, 아니 세 살 때부터 우리 집안 모두의 호주였음을 법적으로 명시했다. 조부가 1945년 해방을 맞이하기 전에 사망했다는 사실도 아울러. 아버지야말로 집안의 대를 이은 유일한 아들이었다는 건 당연히 아는 일인데도 호적등본 위에 적혀 있는 글자로 확인하는 기분은 설명하기 어려운 것이었다. 오래된 옷장 안에 들어 있던 할머니의 결혼사진을 훔쳐 보던 날처럼 약간의 호기심도 일었다. 네 장의 종이 위에는 가족 각각의 출생과 혼인과 사망이 아무 감정 없이 간략한 몇 줄로 기록되었다. 그러나 어쩌면 그 사무적인 기록만큼 우리 가족의 삶을 명확하게 요약해주는 것도 없으리란 생각이 들었다.

나는 저 혼자 떠들어대던 텔레비전 전원을 끄고 책상 위의 전기스탠드를 켰다. 아버지 아래 칸에는 황인숙黃仁淑이라는 처음 듣는 이름과 함께 '제적'이란 글자가 사각 테두리 안에 찍혀 있었다.

출생 서기 1884년 02월 24일
1929년 04월 04일 황대영 신고, 이름을 인숙으로 명명
〔배우자의 사망일〕 1944년 07월 11일
〔배우자〕 오의홍
〔사망일시〕 1963년 10월 26일 시 미상

주민등록번호를 적는 칸은 비어 있었다. 출생 서기 1884년 02월 24일…… 1984년도 아니고, 1884년이라면 텔레비전 사극의 배경이 되는 까마득한 옛날이지 않은가. 1884년에 태어난 사람과 내가 같은 서류 안에 칸을 채우고 있다는 사실이 현실적으로 느껴지지 않았다. 종이에는 심지어 황인숙의 모친이 정씨 성을 가진 부인이었다는 기록까지 남아 있었다.

나는 해마다 증조모와 증조부의 제사상에 올릴 전유어를 부치고 알밤을 까면서도 증조모의 이름을 알지 못했다. 알아두어야 할 일도 특

별히 없었다. 할머니는 나에게 비린 음식을 싫어하고 짭짤한 반찬만 집어먹는 식성하며 까탈맞은 성격이 제 증조모를 꼭 닮은 모양이라고 종종 말했다. 하지만 나는 그저 증조모의 성이 황이란 것만 알았다. 흑백사진 속 얼굴로만 아는 증조모의 나쁜 점을 나한테 가져다 대다니 억울할 따름이었다. 내 몸속에 황씨의 피가 조금이나마 흐르고 있다는 걸 인식한 적도 없었다. 그럼에도 불구하고, 황인숙이란 세 글자는 황씨 성을 가진 사람이 육십여 년간 우리 가족의 일원이었다는 사실을 무엇보다 분명하게 알려주었다.

어릴 적부터 나는 증조부가 돌아가시고 이듬해 할아버지까지 돌아가시는 바람에 집안이 망했다는 얘기를 들으며 자랐다. 할아버지가 1930년대 조선 땅을 강타한 금광 붐에 휘말려 진작 재산을 말아먹긴 했어도, 그렇게 빈털터리가 될 리는 없었다는 할머니의 하소연이었다. 오래전 할머니에게 듣기로는 증조부가 돌아가시자마자 할아버지가 돌아가신 데에 그럴 만한 이유가 있었다고 했다. 증조부의 산소 자리로 일찌감치 마련해놓은 명당에 시신을 묻으려고 보니 누군가 이미 묻혀 있더라는 괴담 아닌 괴담이었다.

"할머니, 그게 누군데?"

어린 내가 물었더니, 할머니는 약간 주저하다 대답해주었다.

"큰댁 어른 첩실을 거기 묻었지 뭐냐. 세상에 그런 사람들이 있어! 너희 할아버지가 아주 애가 달아서 동동거리고 다니더니, 화병이 나 안 죽고 배기겠냐."

할머니는 '첩실'이 무엇인지 설명해주지 않았으나 나는 물어보지 않았다. 할머니 옆에 앉아 텔레비전 일일 연속극과 만화를 보는 일이 주된 일과였던 꼬마는 첩실이 입가에 까만 점 달린 술집 여자를 가리키는 말이라고 알고 있었던 거다. 할머니는 첩실 얘기를 집안 망신이라 여겼는지 그뒤로 더는 하지 않았다. 그렇지만 할머니가 말했던 큰댁 어른들 얼굴을 나는 한 번도 보지 못했다. 명절과 집안 대소사는 때마다 아버지를 중심으로 치러졌다. 때때로 대고모의 아들들만 번갈아가며 들를 뿐이었다. 동생들과 나는 한적한 집안 분위기에 익숙했다.

내가 아주 어렸을 때, 할머니는 잠이 안 온다고 꼼지락대는 내게 옛날이야기 들려주듯 집안 내력을 중얼중얼 들려주곤 했다. 어느 밤 증조부가 갈대밭을 지나 집으로 오는 길에 하얀 강아지 한 마리를 주웠더니, 다음날 마당에 강아지는 없고 싸리비만 하나 버려져 있더라, 그런 이야기들이었다. 그 얘기는 정말 책에서 읽은 전래동화와 강아지 색깔까지 똑같아서 할머니가 내 동화책을 몰래 훔쳐 읽었나, 하는 의문이 들었다.

"원래 느이 할아버지는 네 증조모가 절에 가서 백일기도를 하고 얻은 자식이란다. 딸만 내리 열을 낳고, 몇은 잃고, 늦게 아들을 봤지. 근데 내가 시집와서 보니 이 양반이 노상 무슨 종이를 물끄러미 들여다봐. 뭘 그리 보냐고 물었더니, 자기 사주래. 옛날에 임금 사주 보다 물러난 사주쟁이가 느이 할아버지 사주를 한지에 적어줬다는 거야. 근데 고만 서른세 살에 뚝 끊어졌더래. 그 뒤는 그냥 빈 종이였지. 허연 백지."

"할머니, 그래서 할아버지 어떻게 됐어?"

"으응, 그때 느이 할아버지가 일하던 병원에 입원하더니 얼마 안 있다 죽어버렸어. 남의 병 고친다고 공부만 죽어라 해가지고 제 병도 못 고치고 죽어버렸지 뭐냐. 남의 목숨은 구해도 제 사주팔자는 못 고치고. 노상 마루끝에 앉아 슬픈 노랠 부르길래 부르지 말라고 내가 그렇게 말했는데 계속 부르더니. 너도 나중에 슬픈 노래는 부르지 마라. 옛말에 슬픈 노래 부르면 슬프게 산단다."

할머니는 내가 몇 번이나 들어서 외우는 이야기를 하고, 또 하고 했다. 그래도 할아버지가 해놓고 간 일이 한 가지는 있다고 말했다. 병에 걸려서 집안 어른들이 차가운 윗목으로 밀어놓았던 아버지를 살려낸 일이었다. 퇴근해서 집에 돌아온 할아버지가 주사를 놓고 밤을 꼴딱 새우며 돌보았더니만 죽은 줄 알았던 갓난아기가 살아났다는 얘기였다.

"저 죽을 줄 알고 겨우 대는 이어놓고 갔나보지. 그 영감 잘한 일은 그거 하나밖에 없어."

할머니는 서른셋 젊은 나이로 죽었다는 할아버지를 자꾸 영감이라 불렀다. 두부장수에게 두부 한 모 주시오, 하는 덤덤한 말투로. 그때쯤이면 나도 미뤄둔 잠이 와서 더이상 대꾸할 수가 없었다.

어른이 되어서야 든 생각이지만, 서른 전에 과부가 된 할머니의 삶은 얼마나 외로웠을까. 남편 없이 해방을 맞고, 서울에서 대구로, 또 부산으로 피란을 가고, 시어머니의 장례를 치르는 삶이란 어떤 걸까. 남편과 아들을 연달아 잃고 나이 팔십이 되도록 살아야 했던 증조모의 삶도 신산하긴 마찬가지였을 테다. 할머니는 자신을 두고 말버릇처럼 복 없는 늙은이, 라고 뇌까렸다. 하지만 할머니의 그런 박복함이 이름에서 기인했다고 짐작해본 적은 한 번도 없었다. 그런 말을 들려준 사람도 없었다. 그렇지만, 나는 호적등본 위에 진하게 적혀 있는 할머니의 이름을 쉽게 넘겨버릴 수가 없었다.

허염조(許念祚) 전호적 경상북도 영천군 대창면 천재동 ○○○번지 호주 허차술

한자를 잘 모르는 내가 손가락으로 짚어가며 읽기로, 할머니의 이름은 생각 염念 자와 복 조祚 자로 지어진 것 같았다. 이름을 지은 사람이 할머니의 호주 허차술인지 부친 허근술인지는 중요하지 않았다. 중요한 건 허염조라는 이름이 몹시 마음에 들지 않는다는 사실이었다.

염조念祚. 복을 생각한다.

내가 해석한 의미가 맞는다면, 이 이름은 아주 좋지 않은 이름이었다. 복을 생각한다면 복이 있다는 뜻이 아니다. 복을 생각한다면 복을 갖고 있지 않다, 그래서 복을 갖고 싶어한다는 의미이고, 다시 말해 복이 없다는 소리이다. 무엇이든 이미 갖고 있는 사람은 그것에 대해 깊이 생각하지 않는 법이니까.

대학 시절 한 남자아이는 나에게 이렇게 말했다.

"넌 생각이 너무 많은 것 같다."

그 말이 결코 칭찬은 아니라는 걸 그애의 말투에서 느낄 수 있었다. 약간은 비난의 어조도 섞여 있었다. 나에게 생각이 많다는 건, 불행하다는 것과 동의어로 간주되던 시절이었다. 나는 그때 첫 연애를 하고 있었지만, 그애가 내게 싫증이 났다는 사실을 누구에게 배우지 않고도 알 수 있었다. 여자의 직감은 불행하게도 대개 들어맞았다.

나는 불행한 사람이 되고 싶지 않았기에 생각을 많이 하고 싶지 않

았고, 그래서 일부러 책을 읽지 않았다. 사람들은 누구나 생각이 지나치게 많은 여자를 싫어하지 않던가? 생각이 많은 여자는 골치 아프다. 재수없다. 구질구질하다. 팔자가 드세다. 그런 편견들 말이다. 나는 묵직한 금테안경을 말랑말랑한 콘택트렌즈로 바꿨다. 한눈에 반한 남학생이 취미생활을 물으면 독서라고는 절대 말하지 않고, 나이트 죽순이걸랑요, 나이트는 강남역 빠샤가 제일 좋아요, 시에스타는 물이 간 지 오래됐다는군요, 라고 말하리란 다짐도 했더랬다. 그러나 생각은 하지 않으려 애써서 사라지는 것이 아니었다. 나는 불행을 피하려 하면 할수록 더 가까워진다는 걸 뒤늦게 깨달은 나머지 자포자기하듯 독서생활을 시작했다. 할머니의 이름에 생각 염 자가 들어 있다는 사실을 알기 전부터 나는 할머니처럼 생각만 하며 외롭게 살게 될까 겁이 났었는지 모르겠다.

이름을 지은 사람이 어떤 좋은 뜻으로 지었든 할머니의 이름은 애초에 글러먹었다. 이름을 잘못 짓는 바람에 할머니는 경상북도 영천군에서 조실부모하고, 일곱 살의 나이로 경성 소격동까지 오게 됐다. 할머니 말에 따르자면 소격동 남박사네 집안이 할머니네 집안에 과거 신세를 진 적이 있어서 부모 잃은 막내를 데려오게 되었다고 했다.

박복한 삶이 펼쳐질 앞날을 미리 보지 못했던 할머니는 기죽지 않고 남박사네 딸들과 어울려 지냈다고 어린 시절을 떠올렸다. 할머니가 말썽을 부리는 바람에 할머니와 남박사 막내딸의 댕기 머리 꼬랑지를 한데 묶어놓은 날도 있을 정도였다. 그런 말괄량이에게도 손댈 수 없게 무서운 물건이 있다면, 남박사의 책상 위에 놓여 있던 사람 머리뼈였다. 병원에서 근무하는 남박사가 하도 만져서 반질반질해진

해골바가지 위에 꼬불꼬불한 글자들이 좁쌀같이 적혀 있어 서재에 들어갔다 벼락같이 뛰쳐나오기 일쑤였다고 했다.

할머니는 소녀 시절 가장 행복했던 날은 신문사에서 리어카 한가득 선물을 실어 보낸 날이었다고 회상하기도 했다. 한글을 배우러 간 야학에서 산문을 쓰라고 해서 '겨울참새'라는 제목으로 글을 적었더니 그걸 선생님이 신문사에 보내 정초에 신춘현상문예 당선작으로 실린 거였다. 리어카에 실려온 먹을거리를 남박사네 식구들에게 나눠주며 어깨를 으쓱거리는 할머니의 모습을 상상하는 일은 어렵지 않았다.

"할머니, 그 신문 어딨어?"

"오려뒀는데 전쟁 때 피란 다니다 잃어버렸지. 지금은 내용도 기억이 안 나. 누가 그걸 좀 찾아봐줬으면."

아마 예닐곱 살 무렵이었을 것이다. 할머니의 손을 잡고 소격동을 돌아다닌 오후가 있었다. 할머니는 약수터인지 우물인지를 찾는다고 동네 사람들에게 계속 길을 물었고, 나는 다리가 아프다고 칭얼댔다. 할머니와 나는 물어물어 마침내 약수가 졸졸 흘러나오는 곳에 다다랐다.

"여긴 내가 찾던 곳이 아닌데. 동네가 너무 변해서 못 찾겠네…… 여긴 거기가 아니야. 이 길이 아니야. 내가 찾던 곳이 아니야."

할머니는 더이상 못 걷겠다는 나를 등에 업고 빈 플라스틱 약수통을 든 채 집으로 돌아왔다. 그후로는 할머니와 소격동을 찾은 일이 없었다.

할머니가 소격동에 살 적에 머리 꼬랑지를 한데 묶였던 남박사의 딸 갑석 할머니는 해가 바뀔 때마다 수채물감으로 꽃과 새를 그리고 붓글씨로 안부를 적은 관제엽서를 부쳐왔다. 일종의 연하장이랄 그 엽서는 구정이 지나 여름이 올 무렵까지 할머니의 전화기 옆에 반듯하게 세워져 있었다. 이번 해에는 이상하게 관제엽서가 날아오지 않아 평촌 댁으로 전화를 걸어보았더니 갑석 할머니가 폐암으로 병원에 입원한 지 오래라는 소식이 들려왔다. 할머니가 상심할까봐 일부러 연락하지 않았다는 갑석 할머니 딸의 전갈이었다.

"가려면 나 같은 늙은이나 가야 하는데…… 귀신들은 안 잡아가고 뭐하나 몰라. 내가 죄가 많아 오래 살아. 죽는 것도 팔자소관이라지만, 어서 죽어야지. 죽어야 해."

할머니는 혼자 방안으로 들어가 문을 닫았다. 문틈으로 텔레비전 일일 연속극 소리가 새어나왔다.

이제껏 나는 할머니가 우는 모습을 한 번도 본 적이 없었다. 할아버지의 장례식 날에도 어린 남매에다 자기 옷도 꿰맬 줄 모르는 시어머니까지 먹여 살릴 일이 하도 막막해 울 정신이 없었다는 할머니였다. 만일 할머니의 이름이 염조가 아니라 심덕이나 끝순이었다면 전혀 다른 삶을 살았을까? 그랬더라면 서른세 살 뒤에 아무것도 적혀 있지 않은 종이를 받았던 할아버지처럼 태어날 때부터 정해진 인생이 아니라 다른 인생을 살 수 있었을까. 나는 그게 퍽 궁금했고, 그래서 할머니의 호적이 적혀 있는 칸을 들여다보았으나 간결한 기록 안에는 어떤 답도 들어 있지 않았다.

할머니의 이름 아래로는 엄마 이름과 전호적이 적혀 있었다. 나는 익숙한 내용을 일별한 뒤 종이를 넘겼다. 뒷장에 태어난 순서대로 쓰인 우리집 삼 남매의 이름이 눈에 들어왔다. 이 이름들은 각각 할머니가 경복궁 옆 김봉수 작명소에서 받아온 것이었다. 지금은 작명가 김봉수도 죽고, 그의 제자인지 동생인지가 작명소를 물려받아 운영하고 있다는 소문을 들었다. 할머니는 내가 태어났을 때 좋은 이름을 지어야 한다고 고집부렸고, 대학병원에 삼 년이나 입원해 있다 퇴원한 몸으로 직접 이름을 지으러 다녀왔다고 했다. 그땐 할머니 건강이 위중해서 내 돌잔치까지 사실 수도 없을 것 같았다고 엄마는 말했다. 그간 가족들을 먹여 살리느라 (할머니 표현에 의하면) 뼈가 아주 녹아내린 할머니를 돌보려고 엄마가 신혼여행조차 못 간 형편이니 그럴 만도 했다.

그러고 보면 할머니도 자신의 이름을 못마땅하게 여기지 않았을까. 그러기에 그렇게도 손자 손녀의 이름에 집착하지 않았을지. 어디선가 복 복福 자나 귀할 귀貴 자가 들어가는 이름이 좋지 않다는 말을 들은 기억이 났다. 귀한 자식일수록 개똥이같이 천한 이름으로 부르는 미신과 일맥상통했다. 다행히 삼 남매의 이름에 복 조祚 비슷한 글자는 들어가지 않았다. 집안의 돌림자를 가져다 쓰지도 않았다. 나도, 여동생도, 여자아이 이름이라기에는 너무 삭막해서 도저히 귀엽게 부를 수 없는 이름을 얻었지만, 누구든 제 이름을 직접 짓는 사람은 없으니 순응할 도리밖에 없었다.

할머니가 작명소에서 직접 받아온 이름에도 불구하고, 나는 병원을 제집처럼 드나드는 아기였다. 아기가 좀 이상해서 소아과에 데리고 갔더니 의사가 이렇게 말했다고 했다.

"괜찮습니다, 할머니. 애기가 너무 예민해서 그래요."

할머니는 아기가 건강해질 때까지 돌봐줘야겠다는 결심에 병상을 박차고 일어났다. 한약을 달여먹으며 돌잔치 상을 손수 차렸다. 할머니는 홍합과 버섯과 쇠고기를 사다 석유풍로에서 이유식을 쑤었다. 열 살 때까지는 생일날 수수팥떡을 해먹여야 죽지 않고 건강하게 산다는 옛말대로 할머니는 해마다 3월이면 수수팥떡을 했지만 첫 손녀는 골골거리기만 해서 아주 복장을 터뜨렸다. 할머니는 옛말이 다 맞지는 않는다는 걸 그때서야 깨닫지 않았을까. 어쨌든 할머니는 너무 바빠서 머리를 무명끈으로 처매고 누워 있을 시간이 없었다. 누워서 자리보전할 시간이 없다보니 오래 달라붙어 있던 병도 편한 자리를 찾아 달아났다.

초등학교에 입학한 나는 교실 밖에서 우산을 들고 기다리는 할머니가 부담스러웠다. 때로 짓궂은 아이들은 나를 두고 할머니가 졸졸 따라다니는 말라깽이라며 놀려댔다. 할머니의 사랑은 줄곧 맹목적이었다. 필요 없는 것까지 억지로 안겨줘서 나를 보답을 모르는 식물로 만드는 할머니가 원망스러울 때가 많았다. 맹목적인 사랑은 보답받지 못한다는 진실을 아프게 알게 된 후에는 더욱 그랬다. 나는 할머니 같은 사람이 되고 싶지 않았다.

할머니는 올해로 구십이 세였다. 할머니 자신도 손녀가 서른을 훨씬 넘길 때까지 살게 될 줄은 몰랐을 거였다. 성질 급한 손녀가 그 나이 되도록 호적을 파가지 않고 끈기 있게 혼자 살 줄은 더더욱 몰랐을 게 틀림없다. 할머니에게 변명하기를, 내가 시집가지 않는 이유는 오로지 한 가지뿐인데, 그건 바로 할머니가 나 시집가는 걸 보고 죽겠다고 말했기 때문이라고 했다. 그렇지만 그 말은 솔직히 거짓말이자 핑계에 지나지 않고, 내가 할머니에게 하고 싶은 말이 있다면 할머니가 아무리 박복하다 주장해도 장수하는 복만은 타고나셨다는 얘기이다.

이따금 할머니의 방문을 살며시 열면 어느 날은 코 고는 소리가 힘차게 들리고, 어떤 날은 아무 소리도 들리지 않았다. 숨소리도 들리지 않는 날은 꼭 "할머니, 자?" 하고 나지막이 물었다. 할머니는 잠이 푹 들었다 깼으면서도 매번 "으응? 안 자. 자긴 누가 자. 늙으니까 잠이 안 와 죽겠어" 하고 대답을 했다. 나는 그러면 안심을 하고 방문을 닫았다.

언젠가 할머니 이름 밑에도 증조모의 칸처럼 '제적'이란 글자가 찍히는 날이 올까. 그건 내 이름이 우리 가족의 호적등본을 떠나 다른 가족의 호적에 내려앉는 날을 상상하는 것만큼 어려운 일이었다. 더구나 아직은 그런 날을 떠올리고 싶지 않았다.

여러 해 전, 주민등록증 양식이 바뀌기 전에 남자친구의 주민등록증을 본 일이 있었다. 예전 주민등록증에는 집주소 외에 본적지 주소도 함께 적혀 있었다. 나는 증명사진 옆에 충청남도 천안시 수신면이라고 적힌 글자를 보고, 그에게 물었다.

"아버지 고향이 수신이란 데야?"

그는 주민등록증을 지갑에 집어넣으며 그렇다고 대답했다. 아버지가 젊을 때 가족을 이끌고 평택으로 이주했지만, 이사 간 동네 사람들은 그의 할머니를 돌아가실 때까지 수신 할머니라 불렀다는 얘기도 덧붙였다.

수신 할머니. 수신 할머니.

생소한 호칭이었다. 수신이란 이름의 동네는 한 번도 가보지 못했고, 들어본 적도 없었다. 그렇지만, 그와 내가 한가족이 된다면 그 마을이 내 본적지가 되리란 생각이 들었다. 한 번도 가보지 못한 곳이 본적지가 된다면 참 이상한 일이겠지만 아마 그럴 거였다. 그런 생각을 하다보니 수신이란 지명이 조금 친근하게 느껴졌다.

다행인지 불행인지, 내 본적지가 천안시 수신면으로 바뀌는 일은 일어나지 않았다. 새로 바뀐 주민등록증에서 본적지가 사라졌건 어쨌건 내 본적지는 줄기차게 마포였다. 아버지와 고모와 엄마가 태어나고, 아버지의 아버지의 아버지가 일하던 미곡창고가 있었던 곳, 마포.

호적등본의 맨 마지막 장에는 새로 호적에 오른 올케, 그러니까 남동생의 아내 이름과 제적된 고모의 이름이 차례로 적혀 있었다.

일혜(一蕙) 입적 또는 신호적 서울특별시 마포구 상수동 ○○○번지 호주 이강준

출생 서기 1937년 02월 ○○일

〔출생장소〕 경성부 하중정 ○○번지

〔혼인신고일〕 1961년 07월 10일

〔배우자〕 이강준

〔제적일〕 1961년 07월 10일

오일혜의 제적 일자는 혼인신고일과 같았다. 고모가 고모부에게 시집을 가 호적이 그쪽으로 옮겨졌다는 개인사를 사무적으로 공지하는 글이었다.

혼인신고일이 1961년이고 보면 정말 옛날 얘기이긴 하지만, 고모에게는 고모부 이전에 결혼할 뻔했던 사람이 있었다고 했다. 결혼할

뻔했다는 말은 결혼을 하지는 않았다는 얘기이다. 결혼할 뻔했다는 그 사람과 결혼을 했더라면 호적이 완전히 달라졌을 테니까.

이번에도 할머니 말에 따르면, 아버지와 고모가 살던 동네에 키 크고 준수한 외모의 청년이 있었단다. 그 청년이 새침데기 오일혜를 좋아한다는 소문을 들은 할머니는 그가 서울대 학생이라는 점이 마음에 들어 사윗감으로 점찍었다고 했다. 마침 그 청년의 형편이 어려워 마지막 학기 등록금을 구하러 다닌다는 얘기를 들은 할머니는 모르는 척 그의 등록금을 대주었다.

알다시피 할머니의 한스러운 인생에 일이 뜻한 대로 진행된다면 안 될 말이었다. 할머니는 고모가 정초에 태어나 눈뜨자마자 증조모에게 볼기짝을 얻어맞았으니 팔자가 드세지 않을 수 있냐고 혀를 찼다. 할머니의 말마따나 고모의 팔자가 세서 그랬는지 어느 날 갑자기 키 큰 청년의 남동생이 병원에 실려갔다는 소문이 동네에 파다하게 퍼졌다. 병원은 정신병원, 병명은 옛날이야기에 심심찮게 등장하던 상사병이었다. 환자가 정신을 못 차리고 똑같은 말만 반복하자 병원의 간호사가 청년의 부모를 불러 묻더라고 했다.

"이레 후에 무슨 일 있습니까? 계속 이레야, 이레야, 똑같은 말만 해요."

간호사의 말 역시 할머니의 집 담장을 넘어들어왔다. 할머니는 "그러게 왼쪽도 보지 말고 오른쪽도 보지 말고 앞만 보고 다니랬지! 에미 혼자 키운다고 손가락질받으면 너 죽고 나 죽는댔지!" 하고 환자와 말을 나눠본 적도 없는 오일혜에게 화풀이했다.

얼마 안 있어 청년의 집안은 조용히 이사를 갔다. 후에 전해 들은 말로는 정신이 나가버린 동생이 청년의 친동생이 아니라 이복동생이었다고 했다. 출생의 비밀 및 이복동생과의 삼각관계 등이 훗날 텔레비전 연속극에 지겹게 등장하리라 상상치 못했던 할머니로서는 기가 막힐 노릇이었다. 세상에 들어본 적 없는 망조였다.

그렇지만 할머니가 오래도록 한탄할 필요는 없었다. 고모에게 혼처가 나타났으니까. 상대는 인천 출신의 청년 사업가로, 할머니가 눈독 들였던 서울대 학생처럼 이름 있는 대학을 졸업한 사람은 아니었다. 하지만 그가 어른들의 비위를 어찌나 잘 맞추던지 대고모가 먼저 반해 결혼을 부추겼다고 했다. 할머니는 이번에도 실수하면 안 된다는 생각에 고모와 청년 사업가가 만나는 자리에 아버지를 딸려보냈다. 방해꾼이 있어도 될 인연은 되는 법인지 고모는 곧 결혼식을 올렸다. 아버지의 집요한 감시를 이겨낸 활달한 청년 사업가 이름이 바로 호적등본에 적혀 있는 이강준이었다.

몇 해 전에 일흔이 넘은 고모부는 요즘도 할머니가 좋아하는 참외를 사들고 방문하곤 했다. 통풍으로 다리가 불편한 늙은 사위가 아흔 넘은 장모의 기분을 맞추며 껄껄 이야기 나누는 모습은 때로 눈물겨웠다. 아버지는 십여 년 전 서울의 한 대학에 들렀다가 우연히 고모와 결혼할 뻔한 키다리 청년을 만났다고 했다. 청년이라기엔 머리가 너무 하얀 그는 아버지의 손을 꼭 잡고 "어머님은 건강하신가?" 하고 할머니의 안부만 물었을 뿐 고모 이름은 꺼내지 않았다고 했다. 그러나 아버지와 할머니가 주고받는 얘기를 엿들으며 그가 정말 부르고 싶었던 이름은 일혜가 아니었을까, 하고 나는 생각했다.

세월이 흘러 머리카락이 하얗게 센 청년의 이복동생은 아직 살아 있을까? 병원을 나온 뒤 정신은 도로 돌아왔을까? 남매를 낳고 나서 동글동글하게 불어난 고모의 몸매를 미리 볼 수 있었더라면 그는 정신병원에서 일혜야, 를 중얼거리지 않았을 텐데. 허리디스크 수술을 받고 나서 혼자서는 머리카락 염색도 못하는 할머니가 되어버린 고모의 노년을 상상해봤더라면 형의 결혼식장에서 기꺼이 박수 칠 수 있었을 텐데. 그러나 누구나 사랑하는 사람의 미래를 알 수 없고, 때로는 그 미래를 알면서도 그를 바라보지 않을 수 없으니까. 우리는 늘 그렇게 어리석고, 그래서 운명을 피해가지 못하는 법이란 걸 적어도 나는 알 것 같았다. 어릴 적부터 나는 그런 사람들 편에 오래오래 서 있고 싶었다.

몇 해 전부터는 할머니도 자기 합리화의 대가처럼 새로운 논리를 펼치기 시작했다. 여자도 혼자 사는 편이 좋다, 능력과 돈이 있으면 오히려 편하고 자유롭다는 신세대식 주장이었다. 시집가봤자 고생만 훤하고 돌아볼수록 지긋지긋하다는 말도 심심찮게 꺼냈다. 친척들이 놀러오면 옛날과 시대가 다르다고 목청을 높이기도 했다. 내가 일찍 결혼했더라면 할머니가 그런 논리를 애써 펼치지 않아도 되었을 텐데, 라는 생각을 하면 안쓰럽기까지 했다. 차라리 예전처럼 성질머리가 나빠 아무도 안 데려간다고 야단치는 할머니를 보는 쪽이 훨씬 속이 편할 듯했다. 아흔두 살의 할머니가 가부장으로 점철된 자신의 삶에 반하는 논리를 펼치기까지는 남모를 고통과 분열이 있지 않았겠는가. 할머니가 큰손녀의 삶을 진심으로 긍정하려 안간힘 쓰고 있음을 다른 사람은 몰라도 나는 알 수 있었다.

말미에 '서기 2007년 06월 29일 서울특별시 성북구청장 서찬교'라고 적힌 호적등본을 나는 맨 앞장부터 다시 훑어본 뒤 서류봉투 안에 집어넣었다. 그리고 그로부터 며칠이 지난 뒤, 미국 대사관에서 발송한 여권을 택배로 받았다. 초록색 표지의 대한민국 여권을 펼쳐보자 빳빳한 미국 비자가 낱장에 붙어 있었다. 사진은 흑백에다 상상보다 훨씬 보잘것없었다. 만료일은 2017년 6월. 십 년짜리 비자였다. 나는 손바닥 위의 비자를 한참 내려다보다가 옷장 서랍을 열고 차곡차곡 쌓여 있는 티셔츠 밑에 집어넣었다.

설명하기 어려운 일이지만, 미국행 비자가 옷장 맨 밑에 들어 있다는 사실이 어떤 위로를 안겨주었다. 미국 비자가 있으니 비행기 표만 사면 언제든 미국으로 출국할 수 있었다. 밤이든 새벽이든 진눈깨비가 내리는 날이든 어느 때라도 떠날 수 있었다. 죽은 작가의 고향 인디애나폴리스로.

그곳은, 내 손바닥의 손금같이 아꼈던 사람이 살고 있는 곳이었다.

그렇지만 나는 이 비자를 오랫동안 쓰지 않으리란 걸, 어쩌면 한 번도 사용하지 않으리란 걸 비자를 받기 전부터 알았다. 이미 가졌다는 건 생각을 하지 않아도 된다는 뜻이고, 생각을 하지 않는다는 건 갈망하지 않는다는 뜻일 것이다. 미국행 비자를 얻고 나서야 나는 비로소 그의 주소를 잊을 수도 있을 것 같았다.

할머니의 이름에 들어간 생각 염 자는 또 한번 생각해봐도 잘못된 선택이었다. 나는 아주 오랜 시간 동안 할머니처럼 행복을 생각만 하며 외롭게 살게 될까 두려웠다. 글을 써서 먹고살기 시작하면서부터는 더더욱 그랬다. 그 막연한 불안은 할아버지의 사주가 적혀 있는 종이 같은 것이었다.

하지만 긴 인생을 통해 수만 가지 느낌을 겪어낸다 해도, 끝내 운명을 거스르지 못한다 해도, 훗날 내가 죽은 뒤 남는 기록은 단 몇 줄에 불과하다고 호적은 알려주었다. 만남과 헤어짐, 두려움과 외로움은 공식적인 문서로 기록되지 않는다. 문득, 증조모의 생애처럼 내 삶도 건조하고 간단한 기록으로 요약된다는 사실이 깊은 위안으로 다가왔다. 할머니의 삶도, 아주 멀리 있는 그의 삶도 결국에는 몇 줄로 남은 채 바스러질 시간이란 사실 또한. 할머니가 들려준 그 많은 이야기 속 이름들 역시 언젠가는 제적이란 두 글자와 함께 모두 검은 잉크 속으로 스며들어버릴 것이었다.

발문

엽렵한 동급생 같은

윤경희(문학평론가)

오현종과 나에게는 몇 가지 공통점이 있다. 하나씩 짚어보자면, 여성이라는 것, 같은 해에 같은 도시에서 태어났다는 것, 아주 멀지 않은 동네에서 성장했다는 것, 역시 그 도시에서 나서 살아온 부모님과 동생 둘이 있다는 것, 대학에서 전공한 분야에서 비껴나 글을 쓰는 삶을 살게 되었다는 것, 비정규직 교원으로서 연구하고 노동하며 생계를 꾸려간다는 것 등이다. 이는 오현종의 프로필에서 보거나 그녀를 직접 만나 이야기를 나누며 알게 된 사실들이다.

오현종의 소설에 등장하는 적지 않은 인물들에게서 나는 오현종과의 공통점을 알아본다. 작가는 인물을 빚어낼 때마다 그들에게 자기의 특질을 몇 가지씩 골고루 분배해준다. 예를 들어, 여성이라는 것, 설정된 맥락과 정황으로 유추해보면 작가와 비슷한 시기에 같은 도시에서 태어나 살아가고 있다는 것, 묘사된 풍경으로 짐작해보면 작가가 성장했거나 생활하는 동네 어디겠다 싶은 곳에 거주한다는 것, 동생이 둘 있는 장녀라는 것, 대학에서 작가가 실제로 공부한 분야를 전공한다는 것, 글을 쓰는 삶을 열망했고 그리하여 결국 글을 쓰는 삶을 산다는 것, 대학의 비정규직 교원으로서 수업을 진행하기 위해 먼 도시에 가기도 한다는 것 등이다.

나는 직전의 문장에서 동사 시제의 대부분을 일부러 현재형으로 처리했다. 오현종이 만들어낸 인물들이 마치 현시점의 세계에 실존한다는 듯. 소설 속에서 문장들의 관습적 시제는 과거형이고, 그리하여 사건들은 과거에 발생하여 이미 완료된 것이라 전제되지만, 오현종의 소설에서 몇몇 여성들은 작가가 구축해온 이력을 되살리며 작가와 함께 현재를 살아가고 있다는 인상을 강하게 생성한다. 그녀들은 허구 속에서 과거의 한 시점에 고정되어 있지 않고, 작가와 마찬가지로 매일의 기억을 순차적으로 차곡하게 쌓아감으로써 지속되는 현재의 시간을 살아내오고 있는 것만 같다. 소설은 내력과 함께 지금을 축적해 기록한다.

문법상으로는 과거이되, 실질적으로는 진행중인 현재의 시간. 쓰는 자의 현재 삶에 견주어 새로 달력을 넘기고 시계 침을 조정하는 소설의 시간. 그것은 글쓰기에 동시대성을 부여하는 건실한 방법 중 하나다. 오현종 소설의 시간성은 그렇게 이루어진다.

오현종과 나에게 공통점이 있고, 오현종 소설 속의 여성 인물들과 오현종에게 공통점이 있으므로, 그녀들과 나 사이에도 역시 공통점이 있다. 독자로서의 나는 오현종의 소설에서 이처럼 여성 인물들과 내가 공유하는 요소들에 가장 즉각적으로 이끌린다. 너와 내가 함께 겪어 아는 것들이 이야기되고 있다. 특정한 시공간적 맥락에서, 유사한 가족과 학업 배경을 거쳐, 같은 분야에서 개개인의 주체적 성취를 모색해나가는, 일부 동시대 여성들의 현재진행형 삶. 나는 서사에 연루된다. 나는 그것을 읽으며 고개를 끄덕일 수밖에 없다.

내게 소설은 일종의 조형 장치다. 유연한 거푸집이라고 할 수도 있다. 소설을 읽을 때 나는 그것이 내 정체성은 물론 상상적 신체의 외형까지 변모시키려 한다고 느낀다. 소설은 내게 요구한다. 그것이 원하는 대로 나를 바꾸라고. 소설을 읽는다는 것은 무언의 소망에서 온화한 청유를 지나 강압적 명령까지의 스펙트럼 어딘가에서 들려오는 이러한 부름에 복종하거나 저항하는 것이다. 만약 부름에 응답한다면, 소설은 나에게 그것이 나를 위해 예비해둔 이름을 준다. 나는 새 이름을 받는다. 소설은 그것의 독자를, 타자를, 새 이름을 지닌 사람으로 조형한다. 때로는 이름조차 없이 사람이 아닌 것으로 해방한다.

오현종의 소설은 나를 어떻게 조형하는가. 나에게 무엇이 되어달라고 요청하는가. 한마디로 나에게 어떤 새 이름을 주고 싶어하는가. 오현종과 몇 가지 사회적 정체성을 공유하는 사람으로서 나는 그녀의 소설이 나를 친구로 조형한다고 느낀다. 자매가 아니라 친구다. 그러니까 유전자가 아니라 동시대적 체험을 같이 나누는 사람. 사회 속에서 혈연이 아니라 친밀성으로 연결된 한 명의 대등한 인격체.

독자에게 있어서 자신을 친구로 조형하며 친구라 명명하는 소설은 무엇인가. 타인을 친구라 부르는 존재는 그 역시 친구가 아닌가. 오현종의 소설은 친구를 만들고 친구의 이름을 부르며 독자와 친구가 되려 한다. 인격체끼리 맺을 수 있는 관계 중에서 친구는 위계 없이 차이 없이 같은 이름을 나눠 가진다. 위계 없이 차이 없는 이름을 나눠 가지는 사이 중에 연인도 있다. 오현종의 어떤 소설은 친구라기보다는 연인을 조형하려 하는데, 그 부름을 듣는 독자도 분명 있을 것이다.

친구라면 조금 더 구체적으로 어떤 친구인가. 오현종의 소설에서 중요하게 다루어지는 요소는 학창 시절, 가르치고 배우는 사람의 사회적 지위와 정체성, 연구하고 저술하는 행위 등 학교라는 제도적 공간을 매개해서만 생성되는 특정한 삶의 양식이다. 포괄적으로 학생의 삶이라 할 수 있다. 공교육기관에 적을 두고 있어야만 학생이 아니다. 입시 경쟁의 과열이라는 특수한 한국적 상황에서 학적이 유예된 미성년 재수생의 삶에 가장 과중한 영향을 끼치는 것은 학원 같은 학교 대체 사교육기관이다. 고용 불안정이 심화된 한국의 노동시장에서 비정규직 교원은 학교에 적이 없더라도 품위 있는 개인으로서 연구와 생계유지에 최선을 다해야 한다. 실제 학생뿐만 아니라, 연구 교육 제도 안과 밖에서의 체험을 공유하는 타인의 존재를 불러내며 우정의 가능성을 상상하는 사람. 오현종의 소설에서 들려오는 목소리는 그들의 것을 포함한다. 그들의 목소리는 배움의 장소에서 배우는 사람으로서의 체험을 나눌 수 있는 친구로서 나를 불러낸다.

배움의 장소에서 같이 배우는 사람으로서의 친구는 동급생이다. 오현종과 내가 속한 세대에서 동급생 친구란 나이뿐만 아니라 많은 경우 성별도 같다. 나는 오현종의 소설을 읽기도 전에 이미 조금쯤은 그것이 조형하는 친구의 상을 갖추고 있다. 그러므로 오현종의 소설을 읽을 때 나라는 독자 개인은 절대적 미지의 타자가 아니라 예전에 같은 공간에서 한 시절을 보낸 동급생으로서의 상상적 주체성을 기꺼이 덧입는다. 오현종과 나는 소설을 매개로 동급생이 된다. 미성년 시절의 단짝 친구는 아니었더라도, 세월이 흐른 뒤 재회하여, 그간의 소식을 교환하고, 우리는 둘 다 글을 쓰는 사람이 되었구나, 현재의 생활과 포부를 격려하는 작가와 독자가 된다.

작가가 등장인물들에게 자기의 실제 정체성을 분배하거나 투영한다는 점에서 오현종의 몇몇 소설은 오토픽션이라 할 수 있다. 소설적 장치를 사용하여 작가 개인의 전기적 사실을 서사화하는 것이다. 오현종의 소설에서 학교와 마찬가지로 중요하게 다루어지는 공간은 가정이다. 한옥, 또는 목조 이층집, 또는 한옥을 허물고 그 자리에 새로 올린 상업시설 겸용 빌라에서, 할머니, 부모님, 세 남매, 삼대가 모여 살며, 아버지가 바깥일을 맡고 어머니가 살림을 꾸리는 집안의 이야기는 작가의 동시대인이자 동세대인으로서 나에게 지극히 친숙하다. 70년대 강북 태생의 서울 시민인 오현종과 나에게 있어서, 학교 주변 주거지역의 풍경은 그렇게 변화해갔고, 부부는 일반적으로 그렇게 성차에 따라 분할된 노동을 수행했다.

집안의 이야기는 동급생으로서의 독자를 친밀성의 보다 깊은 층위로 안내하여 소설에 더욱 몰입하게 한다. 동급생은 학교와 지근거리 동네에서의 체험은 공유하지만 각자 가정에서의 체험을 공유하지는 않기 때문이다. 주거 형태와 가족 구성원이 유사하더라도 집안에서 겪는 개인의 사적인 체험까지 유사하지는 않다. 동급생의 집에 방문하면 살림살이와 가정의 분위기 정도는 파악할 수 있지만, 그녀가 그 작고 닫힌 세계에서 어떻게 성장해왔는지까지 깊이 알 수 있는 것은 아니다. 그러기 위해서는 그녀의 이야기를 들어야 한다. 오현종은 소설에서 바로 그 이야기를 한다. 오현종의 소설은 작가에 관하여 쉽사리 포착할 수 있는 외적인 정보들을 넘어서 작가가 어떤 사건과 심리적 체험들을 거치며 현재의 자신을 조형해가고 있는지 성실한 고백조로 들려준다. 작가가 서사화하는 가정과 개인의 내력을 사려 깊게 경청함으로써 오현종 소설의 독자는 동급생보다는 조금 더 친밀한 사이의 친구가 된다.

내게 친구로서의 오현종을 더 깊이 알게 한 작품은 「호적戶籍을 읽다」이다. 제목이 명시하듯 이 작품에서는 오토픽션으로서의 오현종 소설의 특질이 가장 탁월하게 발휘되었다. 어떤 독자든 진중한 회상에 우아한 유머가 조화롭게 곁들여진 이 고백 서사를 읽고 나면 자신이 오현종의 친구가 된 것 같다고 느끼지 않을 수 없을 것이다.

「호적을 읽다」의 화자는 여성 소설가이다. 그녀는 커트 보니것에 관한 책을 쓰겠다는 명목으로 그의 고향인 인디애나폴리스를 방문하려 한다. 계획을 실현하려면 미국 비자를 취득해야 한다. 미국 비자를 취득하기 위해서는 서류를 구비해야 한다. 안정적인 재정 상태를 입증해줄 만한 서류가 결정적으로 필요하다. 바로 이 순간이다, 화자가 작가적 욕망을 실현하기 위해 실무 과제를 단계적으로 점검하다가, 현시대 작가의 지위에 불안정한 균열점이 있다는 새삼스럽지도 않은 사실을 다시금 인지하게 되는 것은. 작가는 글을 쓰려는 욕망으로 추동되고 글을 쓰는 행위를 실천함으로써 자기 정체성을 필요충분하게 입증한다는 관념은 낭만적 허구에 불과하다. 사회 행정망 안에 안전하게 포섭된 개인으로서 정체성을 입증하고 지위를 보장받기 위해서는 각종 증명서를 취득해야 하는데, 소설가의 경제적 무능력에 독신 여성의 신분으로는 신용카드조차 만들 수 없다.

작가적 욕망과 현실적 지위의 균열점에서 화자는 수고롭게 마련했으나 미국 비자를 취득하는 데는 아무 쓸모가 없었던 호적등본에 눈을 돌린다. 호주제가 폐지되기 전의 호적등본은 가부장제에 기반을 두고 한 가족에 속하는 개인들 사이의 위계를 규정함으로써 국민 통치와 국가행정의 편의를 도모하는 아카이브다. 그것은 개인의 신분과 지위를 보증하면서도 억압하는 최소의 장치다. 호적의 기호 체계는 남성의 권익을 보장하고 남성 본위의 질서를 재생산한다. 그러나 문학적 기질을 타고난 여성에게 호적은 단순히 가족 구성원의 생몰연도, 혼인연도, 서열관계를 약식 기입한 딱딱한 문서가 아닐뿐더러, 국가와 가부장제에 대한 순응을 자인하는 증서도 아니다. 오토픽션 작가로서의 오현종에게 호적은 숫자와 낱말 하나하나마다 치밀하게 해석하여 독창적인 서사로 풀어내고 싶다는 욕망을 자극하는 소설적 매개체다.

화자는 호주이자 가부장인 아버지에 관한 사항부터, 즉 호적의 첫 줄부터 읽기를 시작한다. 아버지의 아래 칸에는 증조부모의 이름과 생몰연도가 기입되어 있다. 이름과 숫자로 쪼그라든 인간의 생애를 다시금 풍성하게 살려내는 것은 회상의 힘이다. 화자의 회상 속에서 그들은 모험의 풍운아로, 취향을 주장하는 개인으로, 설화와 미신의 세계관에 침윤된 옛사람으로, 눈앞에 그려낼 수 있을 듯이 생기 있게 되살아난다. 그런데 화자의 증조부모에 관한 회상은 그녀 자신의 체험이 아니라 조모의 이야기에서 비롯된 것이다. 화자의 할머니는 화자가 직접 경험하지 못한 집안 대소사를 화자에게 구전으로 풀어내려 준다. 할머니의 구전 기억과 화자의 해석적 욕망으로 인해, 호적은 이제 여성의 신분을 아버지와 남편에게 복속된 수동적 객체로 고정시킨 문서가 아니라, 여성의 시선과 여성의 목소리로 다시 이야기되고 다시 쓰일 수 있는 전복적 서사의 질료로 탈바꿈한다. 가정의 내력을 서사화하는 데 있어서, 기존의 남성적 질서를 재생산하는 기호 체계에서 출발하되, 할머니와 손녀가 협력적으로 연대하여 여성의 시선과 목소리로 기억하고, 구전하고, 해석하고, 다시 쓰기. 여기에 오현종의 오토픽션이 시도하고 성취하는 것의 요체가 있다.

호적을 읽으며, 가부장제 기호 체계의 사무적 빈곤을 여성 이야기꾼의 구전 기억으로 풍요롭게 뒤집어 일구며, 화자는 필연적으로 소설가로서의 자기 기질과 욕망의 원천을 탐색하는 데까지 나아간다. 화자의 할머니는 젊을 적 신문사에서 주최한 신춘현상문예에 산문으로 당선한 이력이 있다. 화자가 지닌 이야기하기의 욕망과 글쓰기의 재능은 할머니에게서 물려받지 않았는지. 어린 날부터 할머니의 남다른 말솜씨와 구성진 이야기에 둘러싸여 자라며, 사실과 허구가 조화롭게 서로를 지탱하는 언어의 세계가 화자에게 피부처럼 덧입혀진 게 아닌지. 그리하여 결국 그것을 자기의 글쓰기로써 새로이 개진해나가려는 욕망이 움트게 된 게 아닌지.

소설가의 삶을 간절히 추구하면서도 그것에 저항하는 심정이 아주 없지는 않았던 까닭은 화자에게 그런 욕망을 불러일으킨 할머니의 삶이 과히 안락하지 않았기 때문이다. 할머니는 남편을 일찍 잃고 홀로 시어머니와 어린 남매의 생계를 책임져야 했다. 가부장제의 구속에

문재를 펼칠 여력을 마련하기란 어려웠을 것이다. 글쓰는 사람의 길을 가지 못한 할머니의 생의 고단함에 글쓰는 사람의 길을 가는 손녀가 처한 불안정한 현실이 겹쳐 보인다. 그러나 화자가 결국 인정하는 것은 자신의 생이 할머니의 정성 어린 기원과 격려를 토대로 이루어져왔다는 사실이다. 화자의 문학은 멀리서 죽은 커트 보니것이 아니라 가까운 곳에 여전히 살아 계신 할머니로부터 기원했고, 그리하여 화자는 커트 보니것에 관한 책이 아니라 할머니에 관하여 가장 풍부하고 오묘한 염念을 담은 단편을 완성하는 것이다.

이와 별도로, 나는 소설이 나를 친구라 부르고 있다고 느끼는 아주 사소하나 결정적인 순간들에 대해서 더 이야기하고 싶은데.

두 인격체가 서로를 친구라 느낀다면, 그것은 그들이 동시대인으로서 역사적 체험과 사회적 정체성을 공유하기 때문만은 아니다. 타인을 향한 솔깃한 호감은 그가 무심결에 내보이는 지극히 엉뚱하고 때로는 우스운 성격과 취향의 편린에서 촉발될 수 있다. 문득 눈물방울처럼 반짝이는 제스처에서도 그렇다.

오현종의 소설에서 내가 그런 사적인 솔깃함을 느끼는 순간은 요리, 상차림, 식사에 관한 문장들을 읽을 때다. 오현종의 오토픽션에서 할머니가 능수능란한 이야기꾼이라면 어머니는 정성 가득한 요리사다. 화자의 어머니가 하교한 큰딸에게 금세 뜨끈한 사골국 밥상을 차려주며 딸의 옆에 붙어앉아 그것을 끓이게 된 경위를 조곤조곤 이야기할 때, 작은딸의 중학교 진학을 축하하기 위해 쇠고기갈비찜을 만들어줄 때, 내가 읽어내는 것은 맛의 감각이 아니라 타인의 건강과

안녕을 기원하는 항온의 마음이다. 밥은 약이고, 약이 밥이다. 어머니의 딸 역시 엽렵한 솜씨와 정성을 이어받아서, 어린 동생의 밥숟가락에 갈치 살을 올려준다거나, 한시적으로 거주하는 먼 바닷가 도시로 어른이 된 동생이 찾아왔을 때 새로 밥을 짓고 미리 준비한 생선을 굽는다. 밥의 지음과 차림을 서술하는 오현종의 문장은 어느 때든 각별하다.

오현종의 소설에서 요리와 상차림 장면은 결코 가부장제에서 여성이 차별적 가사노동을 전담하고 있다고 비판적으로 고발하기 위해 사용되지 않는다. 남성 인물도 타인을 위해 정성 들여 요리를 하고 상을 차리기 때문이다. 밥을 짓고 차린다는 것은 성별과 위계와 무관하게 우리가 타인에게 지닌 무한한 애정을 표현하는 가장 근원적인 방법이 될 수 있다. 그 밥을 먹으며 고마움의 감정을 키운 사람은 다른 사람에게 마찬가지의 애정과 정성을 담아 밥을 짓고 차려주게 된다. 나는 내 어머니가 나와 동생들을 위해 지어준 음식들 덕분에 그 사실을 심장 깊숙이 잘 알고 있으며, 오현종의 소설을 읽을 때 그녀 역시 나와 같은 정성의 체험 속에 성장했음을 알아본다. 내게는 그것이야말로 어떤 사회적 정체성보다 더 그녀에게 친구로서의 친밀감을 느끼게 하는 요소다.

작가의 말

두번째 소설집을 내고 십 년이 지났다.
십 년 동안 네 권의 장편소설을 묶으며
장편과 장편 사이 드물게 단편을 썼다.
긴 소설을 한 권 완성하고 나면 그때마다
간절히 원하는 일과 원망하는 사람이 바뀌곤 했다.
나에게는 이 책에 실린 여덟 편의 소설이
십 년간 지도 없이 움직여온 내 마음의 경로로 읽혔다.

비극 속의 왕이든
희극 속의 광대든
정오의 주사위 놀음으로 결정된다 해도 괜찮다.
이제는 내게 어떤 역이 주어지든 충실할 수 있을 것 같다.

이 책은 나의 아홉번째 책이다.

| 수록 작품 발표 지면 |

부산에서 …… 『문학들』 2016년 봄호

K의 어머니와 면회를 갔다 …… 『이화, 번지점프를 하다』(글빛, 2009)

나는 왕이며 광대였지 …… 『작가세계』 2011년 가을호

연금생활자와 그의 아들 …… 문장웹진 2017년 3월호

난장이의 죽음에, 나는 잘못이 없다 …… 문장웹진 2015년 1월호

모든 것이 붕괴되기 이전에 …… 『문학사상』 2013년 5월호

약의 역사 …… 문장웹진 2011년 3월호

호적戶籍을 읽다 …… 『문학동네』 2008년 가을호

문학동네 소설집
나는 왕이며 광대였지

1판 1쇄 2017년 3월 30일
1판 2쇄 2017년 12월 18일

지은이 오현종
펴낸이 염현숙
책임편집 정은진 | 편집 김내리 이성근 이상술
디자인 윤종윤 유현아 | 마케팅 정민호 박보람 우상욱
홍보 김희숙 김상만 이천희
제작 강신은 김동욱 임현식 | 제작처 영신사

펴낸곳 (주)문학동네
출판등록 1993년 10월 22일 제406-2003-000045호
주소 10881 경기도 파주시 회동길 210
전자우편 editor@munhak.com | 대표전화 031) 955-8888 | 팩스 031) 955-8855
문의전화 031) 955-3576(마케팅) 031) 955-8864(편집)
문학동네카페 http://cafe.naver.com/mhdn | 트위터 @munhakdongne

ISBN 978-89-546-4482-2 03810

* 이 도서의 국립중앙도서관 출판예정도서목록(CIP)은 서지정보유통지원시스템 홈페이지(http://seoji.nl.go.kr)와 국가자료공동목록시스템(http://www.nl.go.kr/kolisnet)에서 이용하실 수 있습니다.(CIP 제어번호: 2017005968)

www.munhak.com